## पेंगुइन स्वदेश

# दिल्ली की गलियां

अमृता प्रीतम पंजाबी के सबसे लोकप्रिय लेखकों में से एक थी। अमृता प्रीतम का जन्म 1919 में गुजरांवाला पंजाब (भारत) में हुआ। उनका बचपन लाहौर में बीता और शिक्षा भी वहीं हुई। किशोरावस्था से उन्होंने लिखना शुरू किया। उन्होंने सौ से अधिक कविताओं की किताब लिखी, साथ ही फिक्शन, बायोग्राफी, आलेख और आटोबायोग्राफी लिखकर साहित्य में नया मुकाम हासिल किया। इनकी तमाम पुस्तकों का कई भारतीय भाषाओं सहित विदेशी भाषाओं में भी अनुवाद हुआ। अमृता प्रीतम पहली महिला लेखिका हैं, जिन्हें 1956 में साहित्य अकादमी पुरस्कार मिला। 1982 में उन्हें *काग़ज़ ते कैनवास* के लिए ज्ञानपीठ पुरस्कार मिला। 2004 में पद्मविभूषण भी प्रदान किया गया।

# दिल्ली की गलियां

अमृता प्रीतम

अनुवाद
सतीकुमार

पेंगुइन स्वदेश
पेंगुइन रैंडम हाउस इंप्रिंट

**पेंगुइन स्वदेश**

यूएसए। कनाडा। यूके। आयरलैंड। ऑस्ट्रेलिया। सिंगापुर
न्यू ज़ीलैंड। भारत। दक्षिण अफ़्रीका। चीन

पेंगुइन स्वदेश, पेंगुइन रैंडम हाउस ग्रुप ऑफ़ कंपनीज़ का हिस्सा है,
जिसका पता global.penguinrandomhouse.com पर मिलेगा

पेंगुइन रैंडम हाउस इंडिया प्रा. लि.,
चौथी मंज़िल, कैपिटल टावर-1, एम जी रोड,
गुरुग्राम 122 002, हरियाणा, भारत

पेंगुइन
रैंडम हाउस
इंडिया

प्रथम हिन्दी संस्करण हिन्द पॉकेट बुक्स द्वारा 1970 में प्रकाशित
प्रस्तुत हिंदी संस्करण पेंगुइन स्वदेश में पेंगुइन रैंडम हाउस द्वारा 2026 में प्रकाशित



10 9 8 7 6 5 4 3 2

इस पुस्तक में व्यक्त विचार लेखक के अपने हैं, जिनका यथासंभव तथ्यात्मक
सत्यापन किया गया है और इस संबंध में प्रकाशक एवं सहयोगी
प्रकाशक किसी भी रूप में उत्तरदायी नहीं हैं।

ISBN 9789353495725

मुद्रकः रेप्रो इंडिया लिमिटेड



www.penguin.co.in

FSC www.fsc.org
MIX
Paper from responsible sources
FSC® C047271

# दिल्ली की गलियां

सूरज की कुछ किरणें और बादलों के कुछ टुकड़े आपस में टकरा गए थे। गरम चादर को कसकर अपने अंगों पर ओढ़कर कामिनी ने आसमान की ओर देखा—जैसे वह अपने हाथों से बादलों के टुकड़े परे हटा देगी, जैसे वह अपने हाथों से सूरज को अपनी तरफ खींच लेगी।

रोज़ जितनी देर सूरज दिखाई देता रहता, कामिनी का मन बहला रहता था, पर धरती पर जब रात की पहली छाया पड़ती, तो कामिनी का मन घिरने लगता था। तलुवों में एक ठंड सरक आती थी। जिस्म के तलुवों में भी, और मन के तलुवों में भी।

'औरत के सिर पर उमर का जो सूरज सोलहवें साल में चढ़ता है, अगर ज़्यादा नहीं तो उसकी धूप वह अपनी उमर के चालीसवें साल तक ज़रूर सेंक सकती है।' सोचती हुई कामिनी सोचों में बह चली, 'मुझे तो अभी पच्चीसवां साल ही लगा है और मुझे इतनी ठंड लगने लगी है कि उसे झेलना भी मुश्किल है।'

और कामिनी बीते हुए कई दिनों को कुरेदने लगी।

कामिनी की ज़िन्दगी के वे दिन जिस जगह बैठकर बीते थे, वह एक खिड़की थी। बाज़ार के बगल में एक गली थी, गली के पहले मकान में कामिनी रहती थी। और इस मकान की एक खिड़की वह भी थी जो

गली की बजाय बाजार में खुलती थी। कामिनी छोटी-सी थी, जब उसकी मां मर गई थी। उसका पिता एक 'ईवनिंग कालेज' में पढ़ाता था, और कामिनी जब स्कूल से वापस आती तो घर में एक बूढ़ी नौकरानी को छोड़कर और कोई न होता, और वह चाय का एक प्याला पीकर खिड़की में आकर बैठ जाती थी।

मकान तिमंजिला था, इसलिए तीसरी मंजिल की वह खिड़की इतनी ऊंची थी कि उसमें बैठकर जब कामिनी बाज़ार में चलते लोगों को देखती, तो वे लोग उसे बहुत दूर लगते थे।

कामिनी जब कालेज में पढ़ने लगी तो उसकी उंगलियां अपने पिता की किताबों के पन्ने भी उलटने लगी थीं। फिर वह खिड़की में बैठकर किसी किताब को पढ़ने लगती तो उसे लगता जैसे कुछ लोग इस किताब में चल रहे हों, और कुछ लोग नीचे बाज़ार में। सिर्फ वही अकेली एक खिड़की में बैठी हुई थी।

किताबों की कहानियां पंक्ति-दर-पंक्ति चलती हुई कहीं की कहीं पहुंच जाती थीं; पर कामिनी एक ही खिड़की में एक ही जगह बैठी उन्हें इस तरह देखती रहती थी जैसे वह एक कुर्सी पर बैठी किसी रंगमंच की दर्शक हो।

और फिर कामिनी कुछ देर के लिए सिर्फ दर्शक न रही, बल्कि एक पात्र बन गई। कामिनी ने लोग तो देखे हुए थे, क्योंकि वह उस कालेज में पढ़ती थी जहां लड़के और लड़कियां एकसाथ पढ़ते थे, पर उसकी नज़र से सिर्फ ऐसे लोग ही गुज़रे थे जो वाकफियत के, दोस्ती के और मुहब्बत के लफ़्ज़ों को बहुत जल्दी-जल्दी रट लेते थे और फिर हर किसीको यह बताने की उन्हें जल्दी होती थी कि उन्हें वे लफ़्ज़ आते थे। पर कामिनी ने वे लोग कभी नहीं देखे थे जो इन लफ़्ज़ों को अपने दिल की तहों में उतार लेते थे और फिर खामोश रहते थे।

और जो लोग कामिनी ने नहीं देखे थे, उनकी उसे 'तलाश' रहने लगी थी। इन लोगों के नक्श उसने कभी-कभी किसी नज़्म में देखे थे, कभी किसी कहानी में, और कभी अपने पिता की उस डायरी में पढ़े थे जिसे उसका पिता कभी-कभी रात को छुपाकर लिखा करता था। उसके पिता को अपनी जवानी में उस औरत से मुहब्बत हो गई थी, जिसके हाथ समाज की नज़रों में कंवारे नहीं थे। और फिर कुछ सालों बाद बेशक उस औरत की हथेलियों से मेहंदी पुंछ गई थी। उसके हाथ सूने हो गए थे, पर वे हाथ फिर से किसी तरह कंवारे नहीं बन सकते थे। वाकिफ लोगों और नातेदारों में से कोई भी सहमत न हुआ, पर कामिनी के पिता ने उन विधवा हाथों को 'परना' लिया। वाकिफ और नातेदारों की तरह ज़िन्दगी भी शायद उससे नाराज़ थी। आंख झपकते बीत जाने वाले दिनों की तरह वह औरत ज़िन्दा रही और फिर मर गई। शायद अपनी महबूब को अपनी कोख का फूल देने के लिए ही वह इस दुनिया में आई थी। उसने इस कामिनी, इस बेटी को जन्म दिया। अपने महबूब की झोली में इस फूल को डालकर वह इस दुनिया से चली गई। पिता ने कामिनी को मेहनत से पाला था, पढ़ाया था, कभी उसे कुछ नहीं कहा था। पर कोख के इस फूल को सूंघता हुआ कभी-कभी वह इतना उदास हो जाता था कि रात को छुपकर वह डायरी लिखने लगा था। इस डायरी को कामिनी ने चोरी-छिपे पढ़ लिया था और उसने उन लोगों की आकृति देख ली थी जो लोग अपने हम-उमर लोगों में दिखाई नहीं दिए थे। और इस तरह उसके मन में एक फूल खिल उठा था : 'तलाश का फूल'।

और उसने एक दिन अपने कालेज में सुनील को देखा। यह सुनील पहले किसी दूसरे शहर में पढ़ता था। पर उसके पिता की बदली दिल्ली में हो जाने के कारण वह भी दिल्ली के इस कालेज में आ गया था। सुनील

का मुख उसी चुपचाप चेहरे जैसा था, जिसे कामिनी ने कई सालों से अपने दिल में बसा रखा था। मालूम नहीं यह खुशबू सुनील के चेहरे की थी या उसके अपने दिल में खिले फूल की...पर उसे एक खुशबू आने लगी थी। और उसके मन में एक और फूल खिल उठा था : 'इन्तज़ार का फूल'।

खिड़की में बैठकर कामिनी उसकी इन्तज़ार किया करती थी। वह कभी-कभी कामिनी के घर आने लगा था। कभी कोई किताब दे जाता, कभी ले जाता...पर चुप बना रहता। बहुत दिनों बाद सिर्फ इतना हुआ था कि उसने कामिनी को अपनी बांहों में लेकर उसके होंठ चूम लिए थे। और मालूम नहीं खाली-खाली या भरी-पूरी आंखों से कामिनी के मुख को देखता हुआ वह चला गया था।

फूल रंग बदल रहे थे। रूप बदल रहे थे। कामिनी को लगा कि उसके मन में जो कभी तलाश का फूल था, वह फूल 'इन्तज़ार का फूल' बन गया था, और वही फूल अब 'उम्मीद' के फूल में बदल गया था। कालेज की पढ़ाई खत्म हो चुकी थी। सुनील किसी सरकारी दफ्तर में काम करने लगा था। पर वह पहले की तरह ही बीच-बीच में कामिनी को मिलने उसके घर आता रहा। और इस तरह कामिनी सीखचों वाली खिड़की में बैठी हुई दर्शक नहीं रही थी, एक कहानी की पात्र बन गई थी। यह बात अलग थी कि कहानी उन मौन फिल्मों की तरह थी जो आज से कुछ साल पहले बनाई जाती थीं, और जिनमें शक्लें दिखाई देती थीं, पर आवाज़ नहीं। सुनील किताबों की बात हमेशा किया करता था, पर उस कहानी की बात नहीं करता था जिस कहानी का एक पात्र वह खुद था और दूसरा पात्र कामिनी। जब कभी वह चुपचाप खड़ा कामिनी को अपनी बांहों में कसकर उसके होंठ चूम लेता था, तो कामिनी को लगता था जैसे वह उस कहानी की बात कर रहा हो। उसके होंठ उसके लफ्ज़ थे।

और फिर सुनील उसका शहर छोड़कर चला गया। गिनती के चार-छः खत कामिनी की दौलत बन गए, पर उसके बाद कामिनी के पढ़ने के लिए खामोशी का वह एक लम्बा खत बच रहा जिसे अपने पास से ही लफ्ज़ देती थी और अपने पास से ही उन लफ्ज़ों को अर्थ। और कामिनी को लगा कि उसके मन में खिले हुए फूल ने फिर रंग बदल लिया था। तलाश का फूल, जो कभी इन्तज़ार का फूल बना था, और इन्तज़ार का फूल जो कभी उम्मीद का फल बना था, और अब वही उम्मीद का फूल 'सोच का फूल' बन गया था।

'सोच का यह फूल' सूरज की रोशनी में इतना नहीं खिलता था जितना रात के अंधेरे में। रात के इस फूल को कामिनी रोज़ सूंघती थी; पर इस फूल की पत्तियां बड़ी ठंडी थीं, इस फूल की खुशबू बहुत ठंडी थी, और जैसे ही धरती पर रात की पहली छाया पड़ती थी, कामिनी की देह में ठंड का कंपन उतर आता था। तलुवों से एक से भी।

और आज सूरज की कुछ किरणें और बादलों के कुछ टुकड़े आपस में टकरा गए थे। कामिनी ने गर्म चादर को कसकर अपने गिर्द लपेटकर आसमान की तरफ देखा...जैसे वह अपने हाथों से बादलों के टुकड़े परे हटा देगी, जैसे वह अपने हाथों से सूरज को अपनी तरफ खींच लेगी।

## दो

कामिनी जिस कहानी की पात्रा बनी थी, वह कहानी एक-दो पैराग्राफों से आगे नहीं गई थी, इसलिए कामिनी फिर से एक दर्शक

बन गई थी।

अब कामिनी और उसका पिता पुरानी दिल्ली के उस मकान में नहीं रहते थे जो तीन मंजिला था। कामिनी के पिता ने शहर से कई मील दूर, जहां दिल्ली और पंजाब की सरहद थी, कुछ जमीन खरीद रखी थी। इस ज़मीन पर उसने तीन छोटे-छोटे कमरे बनवा लिए थे और बाकी ज़मीन में बगीचा बना लिया था। अब वह किसी कालेज में नहीं पढ़ाता था, किताबों का अनुवाद करता था और इसलिए उसे कहीं आने-जाने की ज़रूरत नहीं पड़ती थी। अपनी ज़िन्दगी के आखिरी दिनों को वह एकान्त में गुज़ारना चाहता था...। और यह घर चाहे एक मंज़िल का ही था, पर कामिनी को लगता था कि सुनील से कुछ दिनों की मुलाकात उसे किसी सात मंज़िलों वाली इमारत के सबसे ऊपरी चौबारे में बिठा गई थी, जहां बैठी वह धरती पर चलने वाले लोगों को एक दर्शक की तरह देखती रहती थी। लोग पहले भी उससे दूर दिखाई देते थे, अब और भी दूरी पर दिखाई देने लगे थे।

कामिनी के सामने काम करने के कई रास्ते थे। पर जब से उसे मालूम हुआ था कि दिल्ली 'टाइम्स' के दफ्तर में, अगर वह मेहनत करे तो, उसे 'कालमिस्ट' की नौकरी मिल सकती है, तो उसका सारा ध्यान इसी काम में जुट गया था।

ऐसा शायद इसलिए हुआ था कि कामिनी की ज़िन्दगी में कोई कहानी नहीं घटित हुई थी। वह एक 'पत्नकार' के रूप में लोगों को मिलकर और उन्हें देखकर यह जानना चाहती थी कि लोगों के साथ किस तरह की कहानियां घटित होती हैं।

कामिनी ने कुछ दिन 'ट्रायल' पर काम किया और उसके बाद उसे तीन महीनों बाद 'पत्नकार' की नौकरी मिल गई। अखबार का दफ्तर उसके घर से बहुत दूर था। सुबह वह बस में जाती। पर दफ्तर

पहुंचकर उसे जहां कहीं भी जाना होता, दफ्तर की गाड़ी मिल जाती थी। घर में लौटने के लिए भी उसे दफ्तर की गाड़ी इस्तेमाल करने की इजाजत थी।

एक दिन कामिनी जब 'प्रूफ' देखने के बाद प्रेस से बाहर निकली, तो गली के मोड़ पर आज भी भिखमंगों की लाइन लगी हुई थी। दिल्ली टाइम्स का दफ्तर कनाट प्लेस में था, पर प्रेस दरियागंज की एक गली में था। कामिनी इस अखबार की 'कालमिस्ट' थी जिसके कारण उसे प्रेस में आने की कभी ज़रूरत नहीं पड़ी थी। पर इन दिनों एक प्रूफरीडर की बीवी बहुत बीमार थी और कामिनी उसके हिस्से का काम करने के लिए इन दिनों प्रेस में आ जाया करती थी ताकि वह प्रूफरीडर अपनी बीवी के पास घर जा सके। गली छोटी थी जिससे दफ्तर की गाड़ी का ड्राइवर गाड़ी को गली के मोड़ पर खड़ी कर देता था। गली के मोड़ पर कल भी भिखमंगों की इसी तरह लाइन लगी हुई थी और परसों भी। कामिनी को मालूम था कि गली के मोड़ पर संगमरमर के फर्शवाला मकान दिल्ली के मशहूर जौहरियों का मकान था, जिनका बूढ़ा बाप देवीलाल जौहरी तीन दिन पहले मरा था।... और कामिनी जानती थी कि लोग हक के नाम पर हक से ज़्यादा जो कुछ हासिल करते हैं, उसका कुछ हिस्सा वे कभी-कभी दान के रूप में लौटाते भी रहते हैं। इसीलिए देवीलाल जौहरी के बेटे आजकल रोज़ दान करते थे। रोज़ दोपहर को भिखमंगों को रोटी खिलाना भी इस दान में शामिल था।

कामिनी जब गाड़ी के पास पहुंची तो नुक्कड़ की चाय की दुकान में बैठा गाड़ी का ड्राइवर उठकर चला आया। गाड़ी की चाबी उसके हाथ गें थी। और वह गाड़ी को खोलने ही लगा था कि एक बच्चा दौड़ते हुए आया और ड्राइवर के हाथ से टकरा गया। गाड़ी की चाबी नीचे जा गिरी।

"पकड़ो...पकड़ो..." भिखमंगों की लाइन से पहले एक आवाज़ आई और फिर उस आवाज़ के साथ कितनी ही और आवाज़ें भी आ मिलीं।

ड्राइवर जब ज़मीन पर गिरी हुई चाबी को उठाने लगा तो कामिनी ने देखा कि जो बच्चा ड्राइवर की बांह से टकराया था, वह अब भी वहीं खड़ा था और अपने हाथ से गिरी हुई रोटी की तरफ देख रहा था। गाड़ी के पहिये के पास दो रोटियां पड़ी थीं और कुछ आलू बिखरे पड़े थे।

बच्चे ने एक बार कामिनी की तरफ देखा और फिर ज़रा-सा उचककर वह गाड़ी के पहिये के पास पड़ी रोटियों को देखने लगा। शायद वह झुककर रोटियों को उठा लेना चाहता था, पर कामिनी को अपनी तरफ देखती हुई पाकर कुछ डर गया था।

भिखमंगों की लाइन में से दो भिखमंगे दौड़ते हुए आए और कार के पास खडे बच्चे की तरफ देखने लगे।

"क्या बात है?" कामिनी ने भिखमंगों से पूछा।

"मालूम नहीं जी! एक लड़का था...इतना ही बड़ा था। वह अभी कहीं से दौड़ता हुआ आया था और अन्धे जमालू के हाथों में से रोटी उठाकर दौड़ गया...इधर ही आया था...यह तो शायद नहीं कोई दूसरा होगा...।"

भिखमंगे बच्चे के खाली हाथों को घूरते हुए वापस चले गए। कामिनी गाड़ी के पास इस तरह खड़ी थी कि गाड़ी के पहिये के पास पड़ी हुई रोटियां सामने से दिखाई नहीं देती थीं।

दोनों भिखमंगों के चले जाने के बाद कामिनी ने बच्चे के चेहरे और कपड़ों की तरफ देखा। कपड़े बहुत साधारण थे। चेहरा खोया-खोया। फिर भी यह लगता था कि यह बच्चा भिखमंगों का नहीं था।

"तुम्हारा नाम क्या है बेटा?"

"हरीश।"

"तुमने अंधे भिखमंगे के हाथों से रोटी क्यों उठाई थी?"

"क्योंकि अन्धे को दिखाई नहीं देता और वह मुझे पकड़ नहीं सकता।"

"पर मेरा मतलब है...ये रोटियां तो फकीरों के लिए हैं..."

"मुझे बहुत भूख लगी हुई थी..."

"तुमने आज ही ऐसा किया है या पहले भी ऐसा करते रहे हो?"

"जब घर में मुझे रोटी खाने के लिए नहीं देते, तो मैं इसी तरह...उस दूसरी गली के मोड़ पर एक भिखमंगा हमेशा बैठा होता है। वह भी अन्धा है। पहले मैं उसकी रोटी उठाता था।..."

कामिनी ने गाड़ी में बैठते हुए बच्चे को कहा कि वह भी गाड़ी में बैठ जाए।

"पाप मुझे सिपाही को पकड़ा देंगी!" बच्चे ने डरकर कामिनी की तरफ देखा और अपने साथ की गली की तरफ इस तरह देखा जैसे वह जल्दी से भाग जाना चाहता हो।

कामिनी ने बच्चे को बांह से पकड़ लिया और बोली—"नहीं, मैं तुम्हें सिपाही को नहीं पकड़ाऊंगी। तुम्हें रोटी दूंगी खाने के लिए..."

बच्चे को शायद यकीन नहीं हुआ। पर कामिनी ने बच्चे की बांह को कसकर पकड़ रखा था। वह चुपचाप गाड़ी में आ बैठा। कामिनी ने पैर से पहिये के पास पड़ी रोटियों को नाली में गिरा दिया। गाड़ी जब खुली सड़क पर निकल आई तो कामिनी ने बच्चे से कहा:

"हरीश!"

"हां जी!"

"तुम्हारा घर कहां है?"

"बाईं ओर, अगली गली में।"

"यहां दरियागंज में ही?"

"हां जी।"

"तुम्हारे मां-बाप जीवित हैं?"

"मेरे पिताजी एक बैंक में काम करते हैं।

"और मां?"

"मां तो है, पर वह मेरी मां नहीं। मेरी मां तो मर चुकी है।"

"पर वे तुम्हें रोटी क्यों नहीं देते?"

"वे मुझे कभी खर्च करने के लिए पैसे नहीं देते। मैं कभी-कभी पिताजी के कोट से पैसे निकाल लेता हूं...अगर उन्हें मालूम हो जाए तो मेरी बहुत पिटाई करते हैं और कितने ही दिन मुझे भूखा रखते हैं।"

"तुम स्कूल नहीं जाते?"

"जाता हूं। कभी-कभी नहीं भी जाता।"

"रोज़ क्यों नहीं जाते हो?"

"मुझे पढ़ना अच्छा नहीं लगता। लिखने के लिए कापियां नहीं होतीं। मास्टर भी रोज़ मारता है।"

दिल्ली गेट के पास पहुंचकर कामिनी ने ड्राइवर को गाड़ी रोक देने के लिए कहा। सड़क के किनारे एक खोंमचेवाला कूलचे-छोले बेच रहा था। कामिनी ने बटुए से एक रुपये का नोट निकाला और हरीश को देकर बोली, "तुम इस खोंमचेवाले से कुलचे खाकर घर चले जाना।"

"एक मिनट ठहर जाइए।" हरीश ने गाड़ी में से बाहर निकलते हुए कहा।

"क्यों?"

"मैं दो कुलचे लाऊंगा। उसके पैसे खोंमचेवाले को देकर बाकी पैसे आपको ला दूं।"

'बाकी पैसे?" कामिनी ने हरीश के चेहरे की ओर देखा। उसे लगा

कि हरीश का चेहरा मिनटों में ही वह नहीं रहा था जो एक अंधे फकीर के हाथ में से रोटी उठाकर भागा था, और जिसने पिछली रात या उससे पिछली रात अपने बाप की जेब में से पैसे चुराए थे। "बाकी पैसे तुम खर्च लेना...और हां...मेरा मन रखना चाहो, तो मेरी एक बात मान लेना, स्कूल रोज़ जाया करो..." कामिनी ने धीरे से कहा और ड्राइवर को चलने का इशारा किया।

पांच मिनट पहले कामिनी को ख्याल आया था कि वह इस बच्चे को किसी बालक-सुधार स्कूल का पता लिखकर दे दे, और अगर उसका बाप उसे वहां छोड़ना मान जाए, तो वहां वह दाखिल हो जाए। पर साथ ही उसे ख्याल आया था कि उस स्कूल में सिर्फ वे बच्चे दाखिल किए जाते थे, जिनके मां-बाप नहीं होते। इसलिए इस बच्चे को वहां दाखिला नहीं मिल सकता था। पर अब कामिनी को लगा कि वास्तव में इस बच्चे को किसी 'सुधार-स्कूल' में दाखिल होने की ज़रूरत नहीं थी—इसकी ज़रूरत तो उसके मां-बाप को थी। पर किसी मां-बाप के लिए कहीं कोई सुधार-स्कूल नहीं बना था।

# तीन

शहर में स्कूलों की कमी बहुत देर से महसूस हो रही थी। नये दाखिले शुरू होते ही वारिसों के लिए चिन्ताएं शुरू हो जाती थीं। वाकफियतें और सिफारिशें सिर्फ कुछ लोगों के काम आती थीं। ज़्यादातर लोग इस भाग-दौड़ में इतना थक जाते थे कि अगर किसी ने अपना बच्चा इंजीनियर बनाना होता तो उसे वह आर्ट्स स्कूल में दाखिल करा आता, और अगर किसीने आर्ट्स स्कूल में दाखिल कराना होता तो उसे वह सेना में भरती करवा आता था।

एक नये स्कूल की इमारत शुरू हुई थी, जिसका आज उद्घाटन किया जाना था। बहुत-से अखबारों के पत्रकार और फोटोग्राफर वहीं पहुंचे हुए थे। कामिनी भी आई हुई थी।

यह स्कूल शहर में बनी हुई एक नई आबादी में था। दूर-पास में लोगों के कुछ घर अभी बन रहे थे। स्कूल की बाईं ओर के घर में भी शायद आज कोई रस्म थी। सारी सड़क पर कारें और स्कूटर खड़े थे। कामिनी ज़रा देर से पहुंची थी, जिससे गाड़ी खड़ी करने के लिए उसे कहीं भी जगह नज़र नहीं आ रही थी। आखिर में मकान का मोड़ घूमकर कामिनी ने गाड़ी खड़ी करने के लिए जगह ढूंढ़ ली, और वहां से लौटकर वह स्कूल की बिल्डिंग में चली आई थी।

स्कूल का उद्घाटन हो गया तो कामिनी साथ की सड़क पर अपनी गाड़ी को लेने के लिए आई तो उसने देखा कि गाड़ी के पास पड़े एक पत्थर पर पैर रखकर एक आदमी बेहद उदास खड़ा था। जाने क्यों, कामिनी से रहा नहीं गया। उसने एक-दो बार उसकी तरफ देखा। उसका चेहरा उतरा हुआ था। कामिनी ने पूछा:

"क्या बात है सरदार जी?"

“कुछ नहीं बहन जी।”

‘कुछ नहीं’ तो उसने कह दिया पर साथ ही उसने एक ठंडी सांस ली। इसके बाद वह नुक्कड़ वाले मकान की तरफ इस तरह देखने लगा जैसे जानना चाहता हो कि उसकी ठंडी सांस से उस मकान की कोई ईंट अपनी जगह से हिली थी या नहीं।

“कोई बात तो ज़रूर है। कहिए न?”

“देखो न बहन जी! एक जट्टी की भैंस मर गई तो वह रोने लगी। मिरासिन पाकर पूछने लगी कि क्यों चौधरानी जी, क्या बात है। जट्टी ने बताया कि उसकी भैंस जो मर गई है। इसपर मिरासिन बोली कि छोड़ो भी चौधरानी, यहां तो कलगियां वाले नहीं रहे, तुम तो काली चमड़ी को रोती हो। मिरासिन का मुर्गा मर गया था—सो बात यह है बहन जी! लोग तो अपने कलगीधारियों को रोते हैं, हमारी भैंस को कौन रोता है!”

“यह तो आपने ठीक कहा सरदार जी। पराई पीर पर कोई नहीं रोता।”

“हमने तो ओखली में सिर दिया है, अब मूसलों की मार गिनकर क्या लेंगे! बदज़ातों से वास्ता पड़ा है। यह घर देखती हैं न आप? यह एक थानेदार का घर है। मैंने इसके घर में बिजली का काम किया था। बड़ी हलीमी से पेश आया था। मैंने ठेका ले लिया। काम खत्म होने तक थोड़े-बहुत पैसे भी देता रहा—जैसे कुत्ते को रोटी का कचरा फेंक रहा हो। मेरे ज़्यादा पैसे मांगने पर कहता था कि मैं मैंगने नहीं खाता, हाथी की लीद खाने वाला आदमी हूं। किसी छोटे आदमी के पैसे नहीं रखने का। जैसे-तैसे उसका काम खत्म किया। बाद में वही टालमटोल। आज तक पैसे नहीं दिए। जिसने पत्थर का काम किया था, उसकी पिटाई करके भगा दिया, जिसने लकड़ी का काम किया था

उसे वह एक सांस में एक दर्जन गालियां निकालता था—सो वह भी दौड़ गया। मुझे भी उसने कई बार कहा है कि सरदार, भाग यहां से, हमारे चाटे हुए तो पेड़ भी हरे नहीं होते। हम तो आदमी को साबित ही निगल जाते हैं, और डकार हमने कभी नहीं लिया। मैंने भी तैश में आकर एक दिन कह दिया कि पुत्तर! अगर हम तुम्हारे पेट में भी हुए तो रात को मिमियाकर उठोगे। यह देखिए, पैसों की जगह मुझे नोटिस भेज दिया कि मैंने उसका काम शुरू कर बाद में उधर ध्यान नहीं दिया, जिसका मुझे हरजाना देना होगा। मेरे सारे काम का बिल पन्द्रह सौ रुपये था। बिल चुकाने की जगह वह मुझसे अठारह सौ रुपये का हरजाना मांग रहा है। सो बहन जी! यह हमारे अमन के राखे हैं। देश की आज़ादी के लिए हमने क्या नहीं किया था! छुटपन में ही कभी सिंगापुर चला गया था। वहां जब सुभाषचन्द्र बोस ने आकर लैक्चर दिया कि तुम मुझे खून दो, मैं तुम्हें आजादी दूंगा, तो मैं आज़ाद हिन्द फौज में भरती हो गया। जिसने भी वह लैक्चर सुना फौज में आ भरती हुआ। मुझे पंजाबी, तमिल और मलयालम कितनी ही ज़बानें आती थीं। सुभाषचन्द्र ने मुझे अपना 'दुभाषिया' रख लिया। फिर बहन जी, उन्होंने मुझे ट्रेनिंग के लिए जापान भेज दिया। लौटकर आया तो अफसर आ लगा। एक तो पुत्तर जाट का, दूसरे उन छोटी, और उसपर अफसर लग गया। बस जी! ईश्वर को अपना चेला-बालका ही समझता और उसे भी हुक्म सुनाता कि आज परेड का दिन है, इसलिए वर्षा मत करना। पूरी हैंकड़ में रहता था। पहले तो मैं रानी झांसी रेजीमेंट में रहा। बाद में तरक्की हुई तो सीकरेट सर्विस में आ गया। एक दिन सुभाषचन्द्र हुरां ने हम सबको बुलाकर कहा कि मुझे तो रूपोश हो जाना है, पर मेरी गैरमौजूदगी में आप सब अपने आपको नेता समझना और देश की आज़ादी के लिए लड़ते रहना। जब तक

राशन और बारूद था, हम लड़ते रहे। बाद में अंग्रेजों ने हमें कैदी बना लिया। हम लाल किले में कैद रहे, बहन जी! एक दिन में एक गिलास पानी मिलता था। गर्मियों के दिन। चाहे तो उस एक गिलास पानी को पी लो और चाहे उससे नहा लो। कैद से छूटे तो हमारे गलों में रुपयों के हार पहनाए गए, जलूस निकाले गए और हमें कहा गया कि आज़ाद हुए देश में बस हमें ही तो राज करना था। और अब हमारा राज यह है बहन जी, कि हमारी फौज के करनैल दूध बेचकर गुज़ारा कर रहे हैं। हम भी गां के लाड़ले पुत्त गांव में मां के पास चले आए। पल्ले में सिर्फ जै हिन्द रह गई थी। जब मकाओं में हमारी फौज होती थी तो हम प्रभातफेरियां निकाला करते थे कि 'मकाओं की संगतों ने इण्डिया आज़ाद कराना है।' इण्डिया तो आज़ाद हो गया। पर हम तो संगत थे, हमें कौन पूछता! मां से पचास रुपये लिए और दिल्ली आ गए। फौज में बिजली का काम सीखा हुआ था। सो यही काम पकड़ लिया। पर इस आज़ाद देश में पूंजीपति मकान तो बनाते हैं अमेरिकन नमूने पर, पर कारीगरों को पैसे देते समय लाल झंडी दिखा देते हैं। हमें यहां कौन जानता है! मेले में कौन पूछता है कि रूडा किसका फूफा है! वैसे तो बहन जी! तालीम की यहां कमी नहीं। आंख बंद करके भी ईंट फेंको तो 'ग्रेजुएट' के सिर पर जाकर गिरेगी, इतने 'ग्रेजुएट' फिरते हैं। मां गीद पोंछकर कहती है कि 'जा पुत्त, यू० पी० एस० आई० का इम्तिहान दे आ।' पर बहन जी! ये पढ़े-लिखे अनपढ़ हैं! हमारे देश का क्या बनेगा बहन जी!"

कामिनी सुनती जा रही थी: जैसे एकटक किसीको देखते हैं। सरदार जी ने एक लम्बा सांस लिया और बोला: "दिल में तो आता है बदला ले लूं। कहावत है कि 'खाली जेब का लटका, चोरों से खेल बे-खटका!' मेरा कोई क्या बिगाड़ लेगा! सूली टांग देगा, इससे

ज़्यादा क्या होगा! पहले ही कौन-सा ज़िन्दा फिरते हैं! पर घरवाली पर तरस आता है। उसने हमें चालीस करोड़ में से पसंद किया है और हमारे पल्ले बंध गई है, उस बिचारी का क्या बनेगा बाद में! और हमारे हाकमों का तो यह हाल है बहन जी कि भई गुरु आर्जना, अब हम जो करें सो करें, तुमने नहीं वर्जना! एक थानेदार की ही बात नहीं, आप कहें तो मनिस्टरों के नाम भी गिना वही उस कहावत वाली है बहन जी कि ससुर जी! तुम्हारा नाम तो जानती हूं, पर एक ही मुश्किल है कि लेना नहीं। पर बात यह है बहन जी! कि एक था बनिया। उसकी लड़की को एक जाट से प्यार हो गया। जाट बनिये की दुकान पर लड्डू लेने गया तो उसे मालूम था कि बनिया कम तोलता है। सो जाट बनिये से बोला: 'लाला! लड्डू कम मत तोलना। तुम्हारी ही लड़की ने खाने हैं।' आज हमें जो नुकसान पहुंचेगा—इस देश को ही नुकसान होगा।"

कामिनी अभी भी सुनती जा रही थी जैसे किसीको एकटक देखते हैं। "अच्छा बहन जी! आप अपने रास्ते, मैं अपने रास्ते। ये दुःख खत्म होने के नहीं।" सरदार ने कहा और एक तरफ चल दिया। कुछ देर बाद कामिनी गाड़ी में बैठकर दफ्तर चली गई।

कामिनी ने सुबह का अखबार नहीं पड़ा था। दफ्तर में उसने अखबार का पहला पृष्ठ उलटा तो सामने के पृष्ठ पर उसे एक बच्चे की तस्वीर दिखाई दी। कामिनी ने जल्दी से फोटो के साथ छपे समाचार को पढ़ा। लिखा था: "यह बच्चा हरीशचन्द्र, उमर साढ़े आठ साल, पिछले तेरह दिनों से लापता करार दिया गया था। पुलिस आज तक इसकी खोज-खबर नहीं पा सकी थी। पर कल साढ़े दस बजे पुलिस को इस बच्चे की लाश मिल गई है। यह लाश बच्चे के अपने घर में से बरामद हुई है। पुलिस का कहना है कि उस घर में तफतीश करने

के लिए वह जितनी दफा वहां गई, वहां एक कमरे में हर समय पाठ हो रहा होता था। पहले चार-पांच दिन सत्यनारायण की कथा चलती रही, बाद में अखंड पाठ रखा गया था। घरवालों का कहना था कि बच्चे की मां ने बच्चे की तलाश के लिए मनौती कर रखी थी। पहले अखंड पाठ की समाप्ति के बाद ही दूसरा अखंड पाठ शुरू कर दिया गया था। नतीजे के तौर पर पुलिस उस कमरे में नहीं जा सकती थी। आस-पड़ोस में पूछताछ की गई तो मालूम हुआ कि बच्चे की मां सौतेली है और उसके अपने दो बच्चे हैं। पुलिस को सन्देह हुआ पर वह तब तक कुछ नहीं कर सकती थी जब तक कि अखंड पाठ आरम्भ था। दूसरे अखंड पाठ के समाप्त होते ही तीसरा अखंड पाठ रख लिया गया। पुलिस सबर से इन्तज़ार करती रही। आखिर वह अखंड पाठ भी समाप्त हुआ तो पुलिस ने उस कमरे की तलाशी लेनी चाही। फर्श के जिस हिस्से पर दरी बिछाकर पिछले बारह दिनों से कथा और अखंड पाठ चल रहा था, पुलिस ने ईंटों के उस फर्श को उखाड़ दिया, क्योंकि फर्श का रंग उस जगह पर बाकी फर्श के रंग से बिल्कुल अलग किस्म का था। पुलिस का सन्देह ठीक निकला। ज़मीन में बच्चे की लाश दबाकर उसके ऊपर ईंटों का फर्श फिर से बना दिया गया था। उस फर्श को पुलिस की नज़रों से बचाने के लिए ही वहां कथा और अखंड पाठ चल रहे थे। बच्चे की मां को पुलिस ने हिरासत में ले लिया है। पुलिस का मत है कि सौतेली मां ने बच्चे को इसलिए मार दिया ताकि उसे जायदाद में से हिस्सा देना न पड़े और बच्चे के पिता ने अपनी औरत को बचाने के लिए बच्चे की लाश को छुपाने में उसकी मदद की है।"

कामिनी कांपकर रह गई। तस्वीर से उसने बच्चे को पहचान लिया था। यह बही बच्चा था जिसे उसने दरियागंज की एक गली में अन्धे

फकीर के हाथों से रोटी उठाकर भागते हुए देखा था।

आगामी सप्ताह के कालम के लिए जब कामिनी शहर में खले नये स्कूल की खबर लिखने बैठी, तो उसकी आंखों के सामने यह बच्चा इस तरह आ खड़ा हुआ जैसे वह इस नये खुले स्कूल में दाखिला मांग रहा हो। कामिनी ने स्कूल की खबर भी लिखी और बच्चे की खबर भी: जिसने शायद कभी हाथों में किताबें लेकर इस स्कूल में पढ़ने के लिए जाना था। बच्चे के साथ घटित हुए दुखान्त की खबर लिखने के बाद कामिनी ने जब कलम एक तरफ रखी तो उसका मन भरा हुआ था। उसने अन्तिम पंक्तियां फिर पढ़ीं: “हमारे अध्यात्मवादी जाने कब से हमें बताते आ रहे हैं कि इस दुनिया में कोई भी रिश्ता सच्चा नहीं। मां-बाप का, बहन-भाई का, औरत-मर्द का—जो भी रिश्ता दिखाई देता है-सब झूठा है, भ्रम है। यह सब ठीक ही होगा, पर आज तक इसकी जगह हमें यह किसीने नहीं बताया कि इन्सान का इन्सान से क्या रिश्ता है?—लगता है यह दुनिया दो भागों में बंटी हुई है। और इंसान से इंसान का कोई रिश्ता है तो सिर्फ कातिल और कत्ल का। यह अंदरूनी और असली रिश्ता इस बात का लिहाज नहीं करता कि दोनों पक्षों का आपस में और भी कोई रिश्ता है। शायद इसलिए कि बाकी सब दुनियावी रिश्ते झूठे होते हैं।

कामिनी ने एक तरफ रखी हुई कलम को फिर उठा लिया और अन्तिम पंक्तियों के साथ इतना और जोड़ दिया: “यह बात अलग है कि कुछ कत्ल ऐसे होते हैं कि उनमें खून बहता हुआ दिखाई देता है। पर कुछ कत्ल ऐसे भी होते हैं जिनमें खून नहीं बहता, सिर्फ आंसू बहते हैं। यह दूसरी किस्म के कत्ल आए दिन वे लोग करते हैं जो अपनी ऊंची पदवियों के ज़ोर पर जिसका हक जी चाहे छीन लेते हैं।” कामिनी ने ये अन्तिम पंक्तियां उस सरदार को याद करके “लिखी

जिसे वह आज ही सुबह मिली थी। इससे ज़्यादा वह कुछ नहीं लिख सकती थी, क्योंकि उस सरदार के पास उसकी ईमानदारी को छोड़ और कोई सबूत नहीं था। एक ईमानदारी तो वह होती है कि अगर उसके हाथ पर दस पैसों की रसीदी टिकट न लगी हो तो उसे कोई साबित नहीं कर सकता। और एक ईमानदारी ऐसी होती है कि उसके हाथ पर चाहे जितनी भी रसीदी टिकटें लगी हुई हों—उसकी कहीं भी सुनवाई नहीं होती।

## चार

टेलीफोन की घंटी बजी।

"कुड आई स्पीक टु मिस्टर नासिर, द आर्टिस्ट?"

"स्पीकिंग।"

"नासिर साहिब! मैं कामिनी बोल रही हूं। दिल्ली टाइम्स के दफ्तर से।"

"कहिए।"

"हमारे अखबार में हर सप्ताह एक कालम छपता है, 'दिल्ली की गलियां'। शायद आपने देखा हो।"

"जी!"

"मैं उस कालम को लिखती हूं। उसी सिलसिले में मैं आपसे मिलना चाहती हूं।"

"आप जब चाहें आ सकती हैं।"

"आज ही। अगर आपके पास समय हो...।"

"कितने बजे?"

"मैं अभी आ सकती हूं।"

"मैं यहीं हूं, अपने स्टुडियो में। पांच बजे तक यहीं रहूंगा।"

"अब दो बजे हैं। मुझे पहुंचने में सिर्फ पन्द्रह मिनट लगेंगे।"

"अच्छा!"

"एक मिनट नासिर साहिब!"

"जी!"

"आपका स्टुडियो आसफअली रोड पर है...किस जगह पड़ता है...?"

"आपने फिलिप्स बिल्डिंग देखी होगी?"

"जी!"

"उससे तीसरी बिल्डिंग की तीसरी मंजिल पर।"

"मेहरबानी।"

टेलीफोन के रिसीवर को नीचे रखकर नासिर ने एक नज़र अपने स्टुडियो पर डाली। मेज़ पर बहुत से कागज़ बिखरे पड़े थे। नासिर ने उन कागज़ों को सलीके से रख दिया। आज सुबह से उसने कमरे की खिड़कियां नहीं खोली थीं जिससे उसे कुछ घुटन महसूस हुई। उसने मोटे पीले पर्दों को परे हटाया और कमरे की दो खिड़कियां खोल दीं। एक सिगरेट सुलगाने के लिए जब उसने दराज से सिगरेटों की डिब्बी निकाली तो वह खाली थी। उसने खिड़की के पास आकर कमरे के पिछले हिस्से में नज़र दौड़ाई। एक मंज़िल नीचे उसके खुले हिस्से में दफ्तर की कैंटीन थी। खिड़की में से ही उसने कैंटीन के एक 'बैरे' को आवाज़ दी और मैटिनी सिगरेट का एक पैकेट लाने के लिए कहा।

सिगरेट होंठों में रखकर जब नासिर ने माचिस से उसे सुलगाया तो उसके नीचे के हिस्से से एक अजीब-सा धुआं निकला और सिगरेट बुझ गई। नासिर ने सिगरेट उंगलियों में लेकर देखा तो पाया कि उसने

'फिल्टर' की तरफ से सिगरेट सुलगा लिया था। नासिर ने मुस्कराकर उस सिगरेट को एक तरफ रख दिया और पैकेट से दूसरी सिगरेट निकालकर जलाई। सिगरेट पीते हुए वह स्टुडियो में लगी हुई अपनी तस्वीरों को एक-एक कर देखने लगा।

कमरे का दरवाज़ा खटका।

"मैं कामिनी हूं। पन्द्रह-बीस मिनट पहले मैंने आपको फोन किया था।" कामिनी ने दरवाज़े की दहलीज़े से कहा और फिर अन्दर आ गई।

नासिर ने कामिनी के बैठने के लिए चमड़े का एक ऊंचा मोढ़ा मेज़ के पास सरका दिया, पर कामिनी खड़ी रही। वह स्टुडियो में लगे नासिर के चित्रों को देखने लगी। करीब दस तस्वीरें होंगी।

"फिगर ड्राइंग में आपको सबसे ज़्यादा दिलचस्पी है?"

"हमारे देश में बहुत कम आर्टिस्ट होंगे, जो माडल से पेंट करते हों। मैं 'माडल' से पेंट करता हूं।"

"आपकी फिगर ड्राइंग बहुत अच्छी है। अंगों की प्रोपोर्शन भी बहुत अच्छी है।"

"ऐसा माडल से पेंट किए बिना मुमकिन नहीं है।"

"इन तस्वीरों के अलावा आपके पास और तस्वीरें भी होंगी?"

"और बहुत हैं। पर सभी मेरी पसन्द की नहीं।"

"इनमें से आपको सबसे ज़्यादा पसन्द कौन-सी तस्वीर है?"

"यह लाल कपड़ों वाली लड़की।"

कामिनी ने कैमरा निकाला और नासिर की पसन्दीदा तस्वीर का फोटो ले लिया।

"आपने कभी अपनी तस्वीर बनाई है? —सेल्फ पोर्ट्रेट?"

"नहीं।"

'मैं आपकी एक फोटो ले सकती हूं?"

"ज़रूर!"

कामिनी ने नासिर का एक फोटो ले लिया और कमरे को बंद करती हुई बोली, "मैं आपका और ज़्यादा समय नहीं लूंगी। परसों संडे-एडीशन में, मेरे ख्याल में, मैं इन तस्वीरों को इस्तेमाल कर सकूंगी। मिहरबानी।"

कामिनी चली गई। नासिर को यह मुलाकात बड़ी संक्षिप्त मालूम हुई। उसका ख्याल था कि कामिनी उसके और उसके आर्ट के विषय में बहुत-से सवाल करेगी। पर कामिनी ने वैसा कुछ नहीं किया था। नासिर सोचने लगा कि आखिर यह कामिनी अपने कालम में क्या लिखेगी।

किसी मशहूरी का ख्याल नासिर को आज तक नहीं आया था। वह कई सालों से पूरी लगन से काम किए जा रहा था। बारीक से बारीक लाइन लगा सकने की महारत उसे हासिल थी। मशहूरी का ख्याल उसे आज भी नहीं आ रहा था। उसे सिर्फ इस बात पर ताज्जुब था कि कामिनी ने उसके हुनर के बारे में कुछ भी जानने की ज़रूरत नहीं समझी। क्या एक तस्वीर आर्टिस्ट की और एक उसकी कलाकृति की किसी अखबार में छाप देना ही कला और कलाकार की वाकफियत है?

अगले दिन नासिर ने चाहे अपने अखबार वाले को कह दिया था कि दूसरे दिन वह 'दिल्ली टाइम्स' का संडे एडीशन भी दे जाए, पर नासिर के मन में उसे देखने की कोई जिज्ञासा नहीं थी।

इतवार की सुबह जब नासिर ने अखबार खोला, तो उसके हाथों में सिर्फ लापरवाही ही नहीं थी, कामिनी के हाथ लिखी गई कुछ अनजानी-सी पंक्तियां पढ़ने की बेदिली भी थी।

'लाइनों का इकरार,' नासिर ने इस शीर्षक को पढ़ा और इससे

आगे पढ़ने के लिए उसने अपने दिल में उमंग महसूस की। लिखा था: 'हो सकता है कि कैमरा किसी पहलू से आदमी के जिस्म के साथ इन्साफ न कर सके, पर नासिर के हाथ में पकड़े हुए ब्रुश ने किसी जिस्म के साथ कभी अन्याय नहीं होने दिया।"

नासिर ने एक मिनट के लिए अखबार से ध्यान हटाया और कामिनी के चुपचाप-से चेहरे को अपने मन की रोशनी में देखा। उसे लगा कि कामिनी की आंखें जो कुछ देख रही मालूम होती थीं, वे वास्तव में उससे कहीं ज़्यादा देख रही थीं। नासिर फिर से अखबार पढ़ने लगा: "चित्रकार ने औरत को कई नुक्तों से चित्रित किया है...दरवाज़े में खड़ी हुई औरत को...फूलों के पौधे के पास खड़ी औरत को...शीशे के पास बैठी हुई औरत को...हवा से उड़ती जुल्फों को संभालती हुई औरत को...अंगों की सुडौल बनावट इतनी सही है कि सड़क पर चलते हुए कई लोगों की ढीली-ढाली बनावट खुदा की महज़ गलती महसूस होने लगती है।"

नासिर ने एक मिनट के लिए अखबार परे हटा दिया और उसने हंसते हुए सोचा, 'यह लड़की कामिनी बड़ी चुपचाप-सी 'दिखती थी ...मुझे नहीं मालूम था कि इतना चुस्त लिख सकती है...' इसके साथ ही नासिर को अपने अन्दर ही अन्दर बेचैनी-सी महसूस हुई। उसे लगा कि इन प्रशंसा की पंक्तियों में व्यंग्य का पुट भी था। नासिर फिर अखबार हाथ में लेकर पढ़ने लगा: "हम आज इस चित्रकार को जो कुछ पेंट करते हुए देख रहे हैं वह कुछ इस तरह है: 'वोमैन विद ए फ्लावर, वोमैन विद ए कॉम्ब, वोमैन विद ए बैंगल'।...और हम उस दिन का इन्तज़ार करेंगे, जब हम इस चित्रकार को पेंट करते हुए देखेंगे: 'वोमैन विद ए माइण्ड'।

नासिर ने अखबार को मुट्ठी में भींचकर एक तरफ रख दिया। उसे

लगा जैसे उसने अपने ही मन को मुट्ठी में भर लिया हो। वह कितनी ही देर कमरे में इधर-उधर चहलकदमी करता रहा। फिर वह कपड़े बदलकर स्टुडियो में चला गया।

इतवार को सब दफ्तर बंद होते थे, पर नासिर कई बार इतवार को भी अपने स्टुडियो में चला आता था। आज स्टुडियो में काम करने के लिए किसी काम का तकाज़ा नहीं था। पर आज अपने कमरे में उसे एक अजीब-सी बेचैनी महसूस हुई थी। वह स्टुडियो में चला आया था।

स्टुडियो में आकर नासिर ने उस अलमारी को खोला जिसमें उसकी कई पूरी और अधूरी तस्वीरें रखी हुई थीं। इसी अलमारी में कई तरह की चूड़ियां और साड़ियां भी पड़ी हुई थीं जिन्हें वह अपनी ज़रूरत के मुताबिक माडल को पहनाकर पेंट किया करता था। अलमारी में एक शीशा भी था। नासिर शीशे को हाथ में लेकर कितनी ही देर अपने चेहरे की तरफ देखता रहा। देखते-देखते उसे महसूस हुआ कि उसके होंठों के दोनों ओर एक-एक गहरी लकीर उभर आई थी। उसका माथा ऊंचा, कठोर और चौड़ाई में ढल गया था और उसकी आंखें एकदम बड़ी हो आई थीं। उसने मुस्कराने की कोशिश की, जिससे उसने देखा कि उसके होंठ महज़ सिलवटा गए हैं, पर उन होंठों पर मुस्कान कहीं नहीं थी। नासिर ने शीशे को अलमारी में रख दिया। उसे लगा कि कोई उसके पास खड़ा उससे पूछ रहा था: 'आपने कभी अपनी तस्वीर बनाई है: सेल्फ पोर्ट्रेट?'

नासिर परीले कदमों से अपनी मेज़ के पास चला आया। उसने मेज़ की बत्ती जलाई और कागज़ लेकर तस्वीर बनाने बैठ गया।

अपने पिछले सालों में नासिर को कोई ऐसा दिन याद नहीं आया, जबकि कोई तस्वीर उसके हाथों ने उससे ज़बर्दस्ती बनवाई हो। कुछ देर

बाद नासिर ने पेन एक तरफ रखकर तस्वीर की तरफ देखा। यह बिल्कुल वही तस्वीर थी, उसके अपने मुख की तस्वीर, जो मुख उसने अभी शीशे में देखा था।

यह उसका बिल्कुल एक नया चेहरा था। यह उसने खुद भी पहली बार देखा था।

स्टुडियो का दरवाज़ा खटका। नासिर को हैरानी हुई कि आज इस समय कौन आ सकता है। उसे नया काम देने या किया हुआ काम ले जाने के लिए कभी कोई इतवार के दिन उसके पास नहीं आया था। नासिर ने दरवाज़ा खोल दिया। बाहर मौनिका थी: उसकी माडल।

"आज? इतवार को?"

"मैं पहले घर गई थी। आप वहां नहीं मिले तो मैंने सोचा आप यहां होंगे।"

मौनिका कमरे में आ गई और नासिर के हाथ को अपने हाथ में लेकर बोली, "मुबारक देने आई हूं।"

"किस बात की?"

"आपने अखबार नहीं देखा?" दिल्ली टाइम्स का संडे एडीशन?"

मौनिका हंसती हुई दीवान पर बैठ गई। उसने एक कापी में तहाए हुए अखबार के एक कागज़ को निकाला और बोली, "वी विल सेलीब्रेट द डे।"

नासिर ने अखबार का कागज़ अपने हाथ में ले लिया और उसमें छपी अपनी उस तस्वीर को देखने लगा जिसे परसों कामिनी ने खींचा था। तस्वीर बड़ी अच्छी थी। उसके चेहरे के नक्श बड़े तीखे और साफ आए थे। पर नासिर को लगा जैसे यह तस्वीर उसकी अब की तस्वीर न हो, बल्कि तब की हो जब वह बहुत छोटा था।

मौनिका ने मेज़ की तरफ देखा। मेज़ की बत्ती जल रही थी।

लगता था नासिर बहुत देर से बैठा काम कर रहा था। मौनिका ने उठकर मेज़ पर रखे हुए कागज़ को देखा और हाथ में लेकर देखती हुई बोली, "हॉरिबिल!"

"क्या?" नासिर ने हैरानी से मौनिका की तरफ देखा।

"यह किसकी तस्वीर है?"

"पहचान नहीं सकती हो?"

"पहचान सकती हूं। आपकी अपनी है, पर यह है कैसी? चेहरा कितना तनाव में है..."

"सेल्फ पोर्ट्रेट।"

"पर यह 'सेल्फ' है कैसा?"

". . . . ."

"मैंने इसे पहले कभी नहीं देखा।"

"मैंने भी कभी नहीं देखा था।"

"आज इस तरह की तस्वीरें बनाने का दिन नहीं।" मौनिका ने कहा और फिर पूछा, "इन अखबार वालों ने आपका इन्टरव्यू लिया था?"

"हां"

"कब?"

"परसों।"

"पर उन्होंने एक ही तस्वीर क्यों छापी है? पांच-छः छापनी चाहिए थीं।"

"क्यों?"

"वह तस्वीर...जिसमें मैं शीशे के सामने बैठी कंघी कर रही हूं...और वह जिसमें हवा में उड़ती हुई चुन्नी संभाल रही हूं... और वह लालकिले में पत्थर की जाली के पास खड़ी होकर..."

"सब तस्वीरों में एक ही बात है। एक या अनेक छपने से क्या

फर्क पड़ता?"

"सबमें एक ही बात कैसे हो सकती है?"

मोनिका ने अपनी कमीज़ के बटन खोले और कमीज़ को गले से उतारती हुई बोली:

"आज पेंट करेंगे?"

"नहीं। आज नहीं।"

"तस्वीर भी नहीं चाहिए?"

"नहीं।"

"न्यूड?"

"नहीं, आज नहीं।"

"अच्छा! आज सिर्फ सैलीबरेशन।"

मोनिका ने गले से उतारी हुई कमीज़ को तहाकर मोढ़े पर रख दिया और फिर अलमारी से एक तकिया निकालकर दीवान पर रखती हुई बोली:

"नासिर! आपने अभी तक कपड़े नहीं उतारे?"

"नहीं मौनी! आज नहीं।"

"क्यों?"

"मेरी तबीयत ठीक नहीं है।"

"आज अखबार में अपनी तस्वीर देखकर भी नहीं?"

नासिर ने कोई जवाब नहीं दिया। मौनिका ने चकित नज़रों से उसकी तरफ देखा और फिर उसने मोढ़े से कमीज़ उठाकर पहननी शुरू कर दी और बोली, "आज मुझे कुछ पैसों की ज़रूरत है।"

नासिर ने पैंट की जेब में हाथ डाला और जेब के सारे पैसे निकालकर बोला, "इस समय मेरे पास सिर्फ पचारा रुपये हैं। काफी होंगे?"

"हां।" मोनिका ने जवाब दिया, और पूछा, "किस दिन आऊं? इस

सप्ताह मुझे मंगलवार की छुट्टी है। मंगल ही चली आऊं, या पहले की तरह बुध की शाम को ही कॉलेज से वापसी पर?"

"मैं शायद इस सप्ताह...शायद दिल्ली से बाहर जाऊं। ज़रूरत पड़ने पर मैं तुम्हें बुलवा लूंगा।"

"मैं अगले हफ्ते टेलीफोन करके पता कर लूंगी।"

"नहीं। मैं खुद ही सन्देशा भेज दूंगा..."

मौनिका चली गई।

दरवाज़ा बन्द करके नासिर ने उस अलमारी को खोला, जिसमें तस्वीरें और उनके निगेटिव रखे रहते थे। नासिर ने उन तस्वीरों को अलग कर लिया, जो मौनिका की थीं। उसके निगेटिव भी अलग कर लिए। कुछ तस्वीरें साधारण थीं, पर कुछ न्यूड मौनिका के थे। उसने एक लोहे की ट्रे में वे सारे निगेटिव और तस्वीरें रखकर जला दिए।"

## पांच

नासिर जब भी दिल्ली टाइम्स में कामिनी का लिखा हुआ कालम पढ़ता था, तो उसे लगता जैसे वह कामिनी के पास बैठा उससे बात कर रहा हो। इस कालम में चाहे शहर में घटित हुई किसी बात का ज़िक्र होता या किसी पुस्तक की समीक्षा, या किसी चित्र-प्रदर्शनी का विवरण, नासिर को लगता कि ये घटनाएं वे जगहें थीं जहां बैठकर लोगों को कामिनी से मिलने का मौका मिलता था।

पिछले किसी सप्ताह में कामिनी ने किसी पुस्तक की समीक्षा की थी। पुस्तक में कविताएं थीं। समीक्षा करते हुए कामिनी ने आखिर में लिखा था: "इस किताब में पूरी चालीस कविताएं हैं, और इसके शुरु

के पृष्ठों में इसके शायर ने बताया है कि ये कविताएं उसने पांच सालों में लिखी हैं। इन सालों में कई मौसम बदले होंगे। पर लगता है शायर के मन का मौसम इन सालों में लगातार एक जैसा रहा है। सारी नज़्मों में पनीली रफ्तार है जिसकी दिशा भी एक ही है। यह दिशा शायर के अपने शब्दों में यह है कि इधर रात को वह आसमान के तारे गिनता है और उधर रात को उसकी प्रेमिका तारे गिनती है। इस पुस्तक का स्वागत करते हुए हम इस शायर की अगली किताब की इन्तज़ार करेंगे क्योंकि हमें उम्मीद है कि अगली किताब तक शायर ने और उसकी प्रेमिका ने रोज़ तारे गिनकर आसमान के सारे तारों की गिनती पूरी कर ली होगी।"

नासिर ने कामनी के इन शब्दों को एक बार नहीं, कई बार पढ़ा था और वह कई दिन सोचता रहा था कि ग्राम लफ्ज़ों में जिसे मुहब्बत और मुहब्बत की इन्तज़ार कहा जाता है कामिनी के ज़ाती नज़रिये में उसकी कोई जगह नहीं थी।

पिछले हफ्ते कामिनी ने किसीके उपन्यास का बड़े विस्तार से जिक्र किया था और उस उपन्यास की तारीफ करते हुए उसने लिखा था कि दर्द का अनेक रंगों में बयान करती हुई इस उपन्यास की कहानी इस बात की गवाह है कि इन्सान का अकेलापन एक बहुत बड़ी सच्चाई है। सिर्फ अपने अकेलेपन पर इन्सान को कभी-कभी यकीन नहीं पाता। वह मुहब्बत करता है और मुहब्बत इस बात की तसदीक कर देती है कि उसका अकेलापन हमेशा कायम रहेगा।

नासिर को पूरी तीन रातें इस तरह महसूस होता रहा था कि वह बर्फ की उन घाटियों में फिरता रहा था जहां पर हरियाला पत्ता देखने की उम्मीद वह नहीं कर सकता था।

आज नासिर ने सुबह उठकर चाय का एक प्याला बनाया और

प्याले को हाथ में लेकर अपने बरामदे में आ गया। आज इतवार था और अखबार वाले ने अभी दिल्ली टाईम्स का संडे एडीशन देकर जाना था।

अखबार पा गया तो नासिर ने उत्सुकता से अखबार का तीसरा पृष्ठ खोला। कामिनी के कालम में आज चित्रों की किसी प्रदर्शनी का वर्णन था। कई तस्वीरों का विवरण देने के बाद कामिनी ने लिखा था, "एक बार किसी महान लेखक ने कहा था कि हर कविता, हर कहानी, हर तस्वीर उस खत की तरह होती है जो किसीकी तरफ से अपनी महबूबा को लिखा जाता है। इन खतों की किसीको इन्तज़ार होती है, एक बार पढ़कर मन नहीं भरता तो वह उन्हें कई बार पढ़ता है, फिर उन्हें रूमालों में लपेटता है और संभालकर रखता है। पर मैं सोचती हूं कि जब किसीका महबूब उस खत को लिख देता है जिसे खामोशी का खत कहा जा सकता है, वह खत चाहे बड़ा भयानक होता है—पर उसकी भयानकता बड़ी महान होती है ; क्योंकि वह खत इतना लम्बा होता है कि उसे पढ़ने के लिए कुछ दिन नहीं, कई सालों की ज़रूरत होती है। और उस खत में एक खूबी यह होती है कि पढ़नेवाले को उसके अक्षर भी अपने पास से लिखने पड़ते हैं और उन अक्षरों को अर्थ भी अपने पास से देने होते हैं। मैं सोचती हूं कि आज की चित्रकला खामोशी के उस महान खत जैसी है जिसे पढ़ते समय हर कोई अपनी कल्पना का खुद मालिक होता है।"

नासिर ने अखबार एक तरफ रख दिया, पर उसे लगा कि वह कामिनी से जितने फासले पर खड़ा था—उसके कदमों ने वह फासला कुछ और नाप लिया है।

नासिर ने धड़कते हाथों से टेलीफोन का रिसीवर उठाया और कामिनी का नम्बर मिलाया।

"मैं नासिर बोल रहा हूं—आर्टिस्ट! शायद आपको याद हो, एक

बार..."

"मुझे याद है!"

"कुछ मिनटों के लिए आपको मिलने के लिए आ सकता हूं?"

मैं आज दफ्तर नहीं जा रही। इतवार है न!"

"मैं दफ्तर नहीं आना चाहता। आपके घर..."

"घर?" कामिनी की आवाज़ में जो संकोच घुल गया था नासिर ने उसे साफ-साफ सुन लिया।

"मैं सिर्फ उतने मिनट ही रहूंगा जितने मिनट आप चाहेंगी।" नासिर ने कहा। उसकी आवाज़ में मिन्नत भी नहीं थी, ज़िद भी नहीं थी—पर एक दृढ़ता थी।

"मैं बहुत दूर रहती हूं।"

"मुझे मालूम है, ग्रीन फील्ड।"

"यह कनाट प्लेस से चौदह मील दूर है।"

"मुझे पता है। दिल्ली-पंजाब की सरहद पर।"

"अच्छा आ जाइए...मेरे घर का पता...यू० ब्लाक..."

"मैंने डाइरेक्टरी में देख लिया है। मेहरबानी!"

".......!"

नासिर जब कामिनी के घर पहुंचा तो कामिनी अपने घर के बाहर बगीचे में ही उसे मिल गई। उसने काले रंग की गरम सलैक्स पहनी हुई थी। गले में हरे रंग का पूरी बांहों का स्वेटर था। गर्दन से बालों को हटाकर उसने बालों को लापरवाही से गंठा रखा था। इतवार के दिन वह हमेशा इस जैसे आरामदेह कपड़े पहनती थी, क्योंकि इतवार का ज़्यादा हिस्सा उसका बाग में पौधों की मिट्टी नर्म करने में गुज़रता था।

नासिर के पैरों को एक धक्का-सा लगा। पर यह धक्का कामिनी की अलबेली खूबसूरती का था, इसलिए वह मन के ज़ोर पर बहुत जल्दी

ही संभल गया। नासिर पर कामिनी की सादा खूबसूरती का प्रभाव उस दिन भी पड़ा था जिस दिन वह उसके स्टुडियो में आयी थी। पर आज यह खूबसूरती उसे शहरों की नपी-तुली खूबसूरती नहीं लगी, जंगलों की बिखरी-उलझी खूबसूरती लगी थी। नासिर को आंख झपकने में यह ख्याल आया कि कुछ चेहरे ऐसे होते हैं जिनकी तरफ कोई एक बार चौंककर देखता है, पर दूसरी या तीसरी बार देखने पर वही चेहरे अत्यन्त साधारण लगते हैं। पर कई चेहरे ऐसे होते हैं जो किसीके ध्यान को खींचकर अपनी तरफ नहीं लाते, पर कोई जितनी दफा उनकी तरफ देखता है, उतनी बार ही उसको फिर देखने का मन होता है।

बगीचे के एक कोने में धूप का एक चटख टुकड़ा था। कामिनी ने वहां दो कर्सियां ला रखीं।

"मैंने पिछले दिनों कुछ कार्टून बनाए हैं जो मैं आपको दिखाना चाहता हूं।"

"कार्टून?"

"मैंने काफी दिनों से कोई तस्वीर नहीं बनाई।"

"क्यों?"

"मैं सोचता हूं कि पोर्ट्रेट सिर्फ ज़िन्दगी का बनाना चाहिए।"

हंसती हुई कामिनी बोली, "यह बात ठीक है। लोग कागज़ों पर पोर्ट्रेट बनाते हैं, और अपनी ज़िन्दगी का हमेशा कार्टून बनाते हैं। आप कागज़ों पर कार्टून बनाइए और पोर्टेट बनाने के लिए सिर्फ ज़िन्दगी को इस्तेमाल कीजिएगा।"

नसिर चुप रहा। अपने हाथ की फाइल को उसने कमिनी को दे दिया।

"पर नासिर!"

"हां।"

"पोर्ट्रेट भी सिर्फ कागज़ों पर बन सकता है ; इसलिए आप पोर्ट्रेट बनाना न छोडिएगा।"

नासिर ने कुछ न कहा, पर जब कामिनी ने फाइल खोली तो नासिर ने कहा, "मैं आपको यह इसलिए दिखाने नहीं आया कि आप इनका अपने कालम में जिक्र करें।"

कामिनी ने फाइल से ध्यान हटाकर नासिर के चेहरे की तरफ देखा—पर कहा कुछ नहीं। वह फिर फाइल देखने लगी।

कागज़ों में सबसे ऊपर जो कार्टून पड़ा था, वह लोकसभा का चुनाव लड़ रहे एक उम्मीदवार का था, जो माइक्रोफोन को आगे रखकर कह रहा था: "आई हेट करप्शन!" और आसपास इकट्ठे हुए लोगों में से एक आदमी कह रहा था: "वेट ए मन्थ, माई डियर! यू बिल फॉल इन लव विद इट।"

कामिनी ने यह कार्टून देखा—और कितनी ही देर देखती रही। उसके बाद वह नासिर की तरफ देखने लगी। बिना कुछ कहे कामिनी दूसरा कार्टून देखने लगी।

इस कार्टून में एक बहुत बड़ा पेड़ बना हुआ था। पूरा पेड़ अनगिनत पत्तों से भरा हुआ था। पेड़ के तने पर लिखा हुआ था: "द ट्री ऑफ अवर बॉकेबुलरी।" इस पेड़ से कुछ पत्ते झड़कर नीचे जमीन पर गिरे हुए थे। झड़े हुए पत्तों में से जो पत्ता सबसे ऊपर पड़ा हुआ था वह बहुत बड़ा और चमकदार पत्ता था। लगता था जैसे अभी-अभी पेड़ से झड़कर नीचे गिरा हो। इस पत्तै पर लिखा हुआ था: "व्हाई?" ज़िन्दगी के दो विद्यार्थी इस पेड़ के पास खड़े इन पत्तों की स्टडी कर रहे थे। एक विद्यार्थी हैरानी में दूसरे से पूछ रहा था, "पर यह पत्ता क्यों झड़ गया है?"

"क्यों?"

"अगर यही शब्द 'व्हाई' हमारी शब्दावली में न रहा तो हम ज़िन्दगी

के सवालों का जवाब किस तरह तलाश करेंगे?"

दूसरा विद्यार्थी कुछ बड़ा नजर आता था। वह जवाब दे रहा था, "यह शब्द अब पगला गया है, झड़ना ही चाहिए था, क्योंकि इस शब्द का सम्बन्ध 'कारण' के साथ होता है, 'रीज़न' के साथ 'कॉज़' के साथ भी होता है। अब हमारी ज़िन्दगी में 'रीजन' कहीं नहीं रहा।"

"जिस नासिर आर्टिस्ट को मैं एक बार उसके स्टुडियो में मिली थी, लगता है वह नासिर कोई और था और आज का नासिर कोई और।" कहते-कहते कामिनी का चेहरा गम्भीर हो पाया।

"मेहरबानी! मैं यही लफ्ज़ सुनने के लिए आज आया था।" नासिर ने कहा और कामिनी के हाथों से फाइल ले ली।

"अगर आप चाहें तो एक कार्टून मैं अपने अखबार के मालिक को दिखा सकती हूं। मेरा ख्याल हैं वह..."

"नार्दर्न एक्सप्रेस वालों ने ये सारे कार्टून खरीद लिए हैं। मैं अगले सप्ताह से रैगूलर बेसिस पर उनके लिए काम करूंगा।"

फाइल हाथ में उठाकर जब नासिर उठने लगा तो उसने नज़र गड़ाकर कामिनी के चेहरे की तरफ देखा।" कामिनी! आप चाहे जितने साल खामोशी का खत पढ़ती रहें, मैं कोई दखल नहीं दूंगा। पर जब आपको यह महसूस हो कि इस खत को अब और नहीं पढ़ना तो मुझे बता देना। मैं आपको एक खत पढ़ने के लिए देना चाहता हूं।"

"क्या मतलब?" कामिनी ने चौंककर नासिर की तरफ देखा।

"मैंने आज सुबह आपका कालम पढ़ा था।"

"वह चित्रकला की एक प्रदर्शनी के बारे में था।"

"था, पर उसमें आपका अपना भी बहुत कुछ था।"

"मेरा अपना?"

"आपने आज की कला को खामोशी के उस खत से तुलना दी थी जिस खत में किसी को अक्षर भी अपने आपसे लिखने पड़ते हैं और उनको अर्थ भी अपने पास से देने पड़ते हैं।"

"पर यह तो एक तुलना थी।"

"जिसने खामोशी का यह खत न पढ़ा हो वह यह तुलना नहीं दे सकता।"

"मेरा ख्याल है कि आप ज़रूरत से ज़्यादा गहरे जा रहे हैं।"

"मैं ऐसा नहीं सोचता।"

"आप क्या सोचते हैं?"

"ज़िन्दगी में आपने किसीके खतों की इन्तज़ार की है, उन्हें पढ़ा है, संभालकर रखा है। पर फिर आपको किसीने वह खतमें लिखा है जिसे आप 'खामोशी' का खत कहकर बुलाती हैं। आपने इस खत को भयानक भी कहा है, महान भी कहा है। ये दो बातें कभी नहीं कही जा सकती—अगर इनका दर्द किसीने जिया हुआ न हो।"

कामिनी को एक मिनट के लिए लगा कि वह ठगी-सी रह गई है। पर वह अपनी चकित आंखों को उठने नहीं देना चाहती थी। इसलिए मुस्कराकर बोली, "तो आपका ख्याल है कि यह खत मुझे किसने लिखा था?"

"किसीने भी लिखा हो। मैंने इस बात को कभी नहीं सोचा। मैंने सिर्फ यह कहा है कि जब आपको महसूस हो कि इस खत को आप और नहीं पढ़ेंगी तो मुझे बता देना।"

"आप मुझे कौन-सा खत पढ़ने के लिए देना चाहते हैं?"

"यह मैं सिर्फ तभी बताऊंगा जब आप पहला खत पढ़कर खत्म कर चुकेंगी और एक तरफ रख देंगी।"

'मान लीजिए कि मैं किसी खत को पढ़ रही हूं, पर शायद मैं कभी

भी उसे एक तरफ न रख सकूं।"

"फिर न सही। मैं अपना खत आपको कभी नहीं भेजूंगा।"

"आई लाइक द एटीव्यूड..." नासिर उठकर जाने लगा तो कामिनी के मुंह सें धीरे से निकला, "एक मिनट।" नासिर रुक गया। कामिनी कुछ न बोली। कुछ देर वहीं खड़ी रही और फिर कमरे में चली गई।

नासिर उसी तरह बगीचे में कुर्सी के पास खड़ा रहा। कामिनी जब कमरे से लौटी तो उसने हाथ में कुछ पकड़ा हुआ था। रूमाल की एक छोटी-सी पोटली थी। कामिनी ने उसे खोला और उसमें से इलायचियों का एक हार निकाला। यह हार एक फूलों के हार जैसा था, पर इसमें फूलों की जगह इलायचियां पिरोई हुई थीं।

"नासिर!"

"जी!"

"बहुत साल पहले किसीने यह हार मुझे दिया था।"

"जी!"

"जिस मर्द ने मुझे यह हार दिया था, उसे यह हार किसी लड़की ने दिया था। वह लड़की उसे प्यार करती थी। पर यह हार उस आदमी ने अपने पास न रखा क्योंकि वह खुद उस लड़की से प्यार नहीं करता था। वह एक दिन आकर यह मुझे दे गया, क्योंकि उसका कहना था कि उसे मुझसे प्यार था।"

"जी!"

"जिस आदमी ने मुझे यह हार दिया था, वह एक बहुत बड़ा शायर है। मैं उसकी कदर करती हूं पर मुझे उससे प्यार नहीं है, इसलिए मैंने यह हार उसको लौटा दिया था। पर उसने कहा कि मैं यह हार अपने पास ही रखे रहूं और जब कभी किसीको प्यार करूं तो उसे दे दूं। मैं यह नहीं कहती हूं कि मैंने किसीको प्यार नहीं किया, पर मैंने यह हार उसे नहीं

दियां। शायद दे देती, पर देने का मौका ही नहीं मिला था कि वह मेरी ज़िन्दगी से चला गया। अब सोचती हूं कि अगर मैं यह हार उसे दे भी देती तो इसके लिए जगह वहां नहीं थी। उसे आगे किसी और को देना पड़ता।"

"कामिनी!"

"इस समय यह हार बेशक मेरी तली पर रखा हुआ दिखाई दे रहा है, पर एक तरह से यह सारे शहर में घूम रहा है। एक शहर में नहीं, शहर-दर-शहर घूम रहा है। मुहब्बत की जाने यह कैसी तकदीर होती है।"

"आई अंडरस्टैड।"

"मुझे आपसे यही कहना था कि आपका खत बड़ा कीमती है। पर मुझे या कभी भी किसी उसको पढ़ने के लिए न देना जिसे इस खत की इन्तज़ार न हो।"

"मैंने इसीलिए आपसे पहले कह दिया था कि मैं अपना खत आपको सिर्फ तब दूंगा, जब आप पहला खत पढ़ चुकेंगी और पढ़कर एक तरफ रख देंगी।"

"अगर आपने यह न कहा होता तो इस हार की बात मैं आपसे कभी न कहती। मैंने यह बात पहले कभी किसीको नहीं सुनाई।"

"अगर आप कहें तो एक बात पूछ लू?"

"हां।"

"अभी आपने कहा था कि आप ये हार शायद किसीको दे देतीं, पर वह आपकी ज़िन्दगी से चला गया, और अगर आप उसे दे भी देतीं, तो इसकी जगह वहां नहीं थी।"

"हां।"

"फिर जिस जगह पर इस हार का ठिकाना नहीं था, आप उस

ठिकाने की बात अब तक क्यों सोचे जा रही हैं और उस ठिकाने के नाम सालों से एक खामोशी का खत क्यों लिखे जा रही हैं?"

"यह सब समझ में नहीं आता।"

"अभी आपने कहा था कि किसीको भी अपना खत उसको पढ़ने के लिए नहीं देना चाहिए, जिसे उस खत की इन्तज़ार न हो।"

"हा।"

"पर एक तरह से आपने अपना खत उसके लिए संभालकर रखा हुआ है—जो कभी भी उसे पढने के लिए नहीं आया।"

"यह ठीक है नासिर, पर..."

"मैं इस 'पर' को हमेशा याद रखूंगा और फिर कभी आपसे कुछ नहीं कहूंगा...सिर्फ आपको जब कभी महसूस हो..."

"नासिर! यह ज़िन्दगी शायद कभी 'पर' से सुरखरू नहीं हो सकती... हर एक की ज़िन्दगी में यह 'पर' मालूम नहीं कहां से आ लगता है।"

"आल राइट। आई विल फाइट विद इट।" नासिर ने यह बात उतनी कामिनी को मुखातिब करके नहीं कही थी, जितनी अपने-आपको। और बाहर की सड़क की तरफ देखता हुआ गेट से बाहर चला गया।

## छः

"मैंने कहा जगीरसिंह!"

"कहो भई मसकीन, तू है?"

"क्या हुआ, आज तू पहचानता नहीं है?"

"पहचानता हूं, पहचानता हूं।"

"पर ठहर तो सही। चलता क्यों जा रहा है?"

"नहीं, नहीं! मैं नहीं ठहरूंगा।"

"पर तुझे हुआ क्या है?"

"आज मत पूछ कुछ मुझसे। आज तो मैं नीले घोड़े पर चढ़ा हुआ हूं।"

"पर तू तो पैदल जा रहा है?"

"मेरा घोड़ा हवा से बातें कर रहा है।"

"ओ ठहर यहां घोड़े दा पुत्तर!" ताराचन्द मसकीन ने जगीरसिंह का हाथ पकड़ लिया। वह इतनी देर उसके साथ ही चलता रहा था, फिर वह खड़ा हो गया।

"बात कर सीधी तरह से। कहां चला है?"

"कनाट प्लेस।"

"वहां क्या करेगा?"

"किसी लड़की ने बुलाया है वहां।"

"ताराचन्द मसकीन हंस पड़ा और जगीरसिंह की पीठ पर धौल जमाकर बोला:

"अरे जागता है या सो रहा है?"

"तू पीछा छोड़ेगा या नहीं?"

"अरे मैं कौन-सी बिल्ली हूं कि तेरी राह काट जाऊंगा। सीधे मुंह बात कर! यह चेचक का चेहरा लेकर कहां जा रहा है?"

"तूने अपना कभी चेहरा देखा है शीशे में? छिपकली जैसा?"

"चल ठनी फिर मेरी और तेरी बातें! खड़ा रह यहीं पर। टस से मस नहीं होने दूंगा। आदमी है तो बताकर जा कि यह कलफ से अकड़ी हुई पगड़ी बांधकर कहां चला है। मैं छिपकली हूं तो छिपकली ही सही। खोए तो कोढ़ी, छोड़े तो अंधा।"

"अच्छा हाथ तो छोड़, बताए देता हूं।"

"हाथ नहीं छूटने का अब।"

"बात यह है कि मुझे परसों एक लड़की का खत आया था।"

"लड़की का खत?...तू कैसे जानता है कि वह एक लड़की का खत था?"

"खत पर उसका नाम लिखा हुआ था।"

"नाम का क्या है, वह तो जाली भी हो सकता है।"

"अबे नहीं बे!"

"तुम्हें जोगिन्दरसिंह की बात भूल गई है? एक लड़का उसे कितने ही महीने लड़की बनकर खत लिखता रहा। बस ऐसे प्रेम-पत्र उसने लिखे कि जोगिन्दरसिंह के होश काफूर हो गए। "जोगिन्दर सिंह ने भी उसे ऐसे इश्किया खत लिखे कि अगर कभी आशिकों के खतों की नुमायश हो तो जोगिन्दरसिंह को पहला इनाम मिले।"

"अबे हम कौन जुगिन्दरसिंह हैं! अब तो अपना इन्टरव्यू होना है इन्टरव्यू।"

"अच्छा! तुझे किसीने इन्टरव्यू पर बुलाया है। मैं भी सोचता था कि जगीरसिंह आज चटखा हुआ क्यों है।"

"अबे, हमारा इन्टरव्यू एक लड़की लेगी, एक लड़की।"

"अच्छा! तब तो गुरू मान लिया भई तुझे।"

"धरम से! वह बोलती थी तो उसकी आवाज़ में जल-तरंग बजता था।"

"अबे अभी तो तू कह रहा था कि खत पाया था, और अब कह रहा है कि जब वह बोलती थी..."तुझे खत में उसकी आवाज़ भी सुनाई दे दी?"

"अबे नहीं बे! खत में पूछा था कि मुझे किस दिन फुर्सत होगी, वह मेरे घर पाएगी। मैंने सोचा कि वह काहे को तकलीफ करती फिरेगी।

सो मैंने उसे टेलीफोन कर दिया कि मैं ही उसके दफ्तर चला आऊंगा।"

"हमसे उड़ते हो जगीरसिंह। तुमने किसी नौकरी-चाकरी के लिए अर्ज़ी दी होगी—और उसने तुम्हें इन्टरव्यू पर बुला लिया होगा।"

"अबे मसकीन! तू सारी उमर बस फसकीना ही रहा। अब हम नौकरी करने चलेंगे?"

"मैंने सोचा कि पिछले दिनों तुझे सट्टे में घाटा पड़ गया था। सो क्या जाने तूने नौकरी का विचार बना लिया हो।"

"सट्टे का क्या है, हज़ार जाते हैं तो हज़ार पाते हैं। अब तो हमारी फोटो छपेगी अखबार में।"

"अब तो बात हुई न। यह कहो कि तुम्हारी वही शायरी काम आ गई।"

"अब समझूंगा चाचा त्रिलोकसिंह को।"

"त्रिलोकसिंह को? उसने तेरा क्या बिगाड़ा है?"

"बिगाड़ा ही कुछ नहीं? साहित्य का चौधरी बना फिरता है। कभी हमारा ज़िकर भी किया है कहीं। जहां देखो, कृष्णसिंह का ही ज़िकर हमेशा करता है। बस एक वही शायर रह गया हो जैसे। पर हमें अब उसकी मुहताजी नहीं रही। नजरवालों ने हमें भी खोज लिया है।"

"अवे हमसे भी चोरी! उस लड़की का नाम तो बताता जा।"

"नाम नहीं बताऊंगा।"

"अच्छा न बता। जब अखबार में तेरी फोटो छपेगी तो हमें खुद ही उसका नाम मालूम हो जाएगा।"

"चल, अभी बताए देता हूं। पर एक बात है। और किसीको मत बताना। उसका नाम है कामिनी। अब बतायो! कानों में जल-तरंग बजता है या नहीं, उसका नाम सुनकर?"

"अबे पागल मत हो जाना तू। अच्छा! तो कामिनी दिल्ली टाइम्स वाली?"

"तुझे पता है उसका? मैंने तो उसका नाम परसों ही सुना था।"

"तू कभी अखबार नहीं पढ़ता—इसलिए तुझे क्या मालूम! हमें मालूम है—हम अखबार जो पढ़ते हैं—"

मैं अखबार नहीं पढ़ता?"

"पढ़ता है। सिर्फ वह पन्ना जिसमें मंडी के भाव लिखे होते हैं।"

"अच्छा बता कि क्या वह बहुत सुन्दर है?"

"पागल कहीं का, हर सप्ताह वह एक कालम लिखती है—अपनी तस्वीर नहीं छापती! मुझे क्या मालूम सुन्दर है या नहीं।"

"मेरा ख्याल है वह बहुत सुन्दर होगी। मैंने रात में उसपर एक कविता भी लिख ली है—इश्क की नज़्म लिखी है।"

"तूने उसपर कविता लिखी है? मैंने कहा, अगर बाप के बेटे हो तो उसे यह भी बता देना कि उसपर तूने कविता लिखी है।"

"मैं समझ गया तेरा मतलब! तेरा मतलब है कि वह चपरासी से उसी समय मुझे बाहर निकलवा दे।"

"अबे रोता आशिक बनने को! आशिक कहीं चपरासियों से डरते हैं? पर यह बता कि तूने उसके पास जाना कितने बजे है?"

"चार बजे पहुंचना है।"

"चार बजे? तेरी अक्ल मारी गई है?... "अभी तो दो बजे हैं। अभी वहां जाकर क्या करेगा? इधर आ तुझे कॉफी पिलाऊं।"

"क्या बात है? आज मेरी खातिर करने लगा है?"

"अबे मैंने कहा, अब तू रात की रात में मशहूर हो जाएगा। क्या मालूम फिर तू हमसे मिलना भी पसन्द करेगा या नहीं। आज तो एकसाथ बैठकर चाय का प्याला पी लें।"

"पर मेरी एक बात याद रखना मसकीन। कामिनी का किसीको नाम मत बताना। अखबार का नाम भी नहीं।"

"पर इसमें छुपाने की क्या बात है? जब अखबार में तुम्हारी फोटो छपेगी तो मां के लाल को सभी देख लेंगे।"

"तू नहीं समझगा।"

"तू समझाए भी।"

"मैं सोचता हूं कि अखबार में छपने से पहले कहीं कृष्णसिंह को न मालूम हो जाए।"

"कृष्णसिंह को?"

"अगर बात उस तक पहुंच गई तो वह बहुत चालाक आदमी है। वह झट से कामिनी को टेलीफोन करेगा और मेरी जगह अपनी तस्वीर छपा लेगा।"

"तो तेरा ख्याल है कि दिल्ली टाइम्स वाले सिर्फ तेरा ही इन्टरव्यू छाप रहे हैं और सिर्फ तेरी ही तस्वीर? क्या पता उन्होंने कितने शायरों को चुना है?"

"कृष्णसिंह को भी चुना होगा?"

"अगर तुझे चुन लिया है तो कृष्णसिंह को तो ज़रूर चुना होगा। वह इतना मशहूर है। मेरा मतलब है कि तुझे तो अभी मशहूर होना है...वह पहले से ही मशहूर है..."

जगीरसिंह का चेहरा बुझकर रह गया। लगता था कि अगर एक पल पहले वह नीले घोड़े पर सवार था, तो ताराचन्द मसकीन की बात सुनकर वह घोड़े से नीचे गिर पड़ा था। धीरे से बोला:

"यार! तुम लोग करते भी तो कुछ नहीं?"

"हम कुछ नहीं करते? हम क्या करें?"

"तुम लोगों को कुछ करना चाहिए।"

"तू बता क्या करें?"

"मरा अभिनन्दन-वन्दन ही दे दो।"

"बात तो ठीक है यार! अभिनन्दन का क्या होता है—यह सब जो अपने यार-दोस्त हैं—हजूरसिंह, कुलदीप चन्द, फिर अपना सन्तराम है—हम सब मिलकर एक कमेटी बना लेते हैं। एक इश्तिहार ही तो निकालना है न! चाय-पानी का खर्च तू कर ही देगा। कुछ हम भी इधर-उधर से इकट्ठा कर लेंगे।"

"जितने पैसे इकट्ठे हों—उतनों की मुझे एक थैली पेश कर देना! मेरा मतलब है किसी मिनिस्टर के हाथों दिला देना।"

"अबे हट! जवाब नहीं पट्ठे का। चुपड़ी हुई और दो-दो! उससे तो यार लोगों का नशा-पानी चलेगा। थैली लेनी है तो पैसे अपनी गांठ से निकालना।"

"अच्छा-अच्छा, मैं दे दूंगा! घर ही में तो रहेंगे। कहीं बाहर तो जाने के नहीं।"

"चाय का खर्च भी तेरा और थैली भी—बाकी हम यारों के सिर।"

"चल हुई बात! यह तो बता कब?"

"अबे जिस दिन अखबार में तेरी फोटो छपे—उसी दिन एक इश्तिहार निकाल दिया जाए कि दिल्ली के साहित्य-प्रेमी तेरा अभिनन्दन करना चाहते हैं।"

"यह बात हुई न यारी की।"

"अबे गांठ में पैसा नहीं तो क्या दिमाग से भी गए-गुज़रे हैं! अगर तू अपनी गांठ ज़रा ढीली रखे तो दिनों में ही हम तुझे क्या से क्या बनाकर रख दें।"

"मैंने कह तो दिया कि खर्चा मेरे सिर रहेगा।"

"अबे मैं और बात कर रहा हूं। अगर तू पैसे खर्चे, हम सब मिलकर

एक साप्ताहिक निकाल लेते हैं।"

"वह तो मैं कब से सोच रहा हूं। आज मेरे मुंह की बात छीन ली तूने। अगर प्रेस अपने हाथ में हो..."

"फिर देखना हम तुम्हारी प्रशंसा में क्या नहीं लिखते। बेशक तुम खुद ही लिख देना, जो दिल में आए और नाम लिख देना उसपर हमारा।"

"मसकीन, यह तू गुणों की थैली कब से बन गया?"

"अबे गुण तो बहुत हैं, ग्राहक ही नहीं।"

"मैं जो तेरा ग्राहक हूं।"

"फिर एक गुण आज पांच रुपये का खरीद ले। पूरी नहीं तो अधिया ही बन जाएगी हमारी।"

जगीरसिंह ने जेब में हाथ डाला और पांच रुपये का एक नोट निकालकर ताराचन्द मसकीन को थमा दिया और बोला, "आजकल ज़रा रुपयों की तंगी है। मैं खुद किसीसे बीस रुपये पकड़कर लाया हूं।" और आगे पूछा—"आज अपना हजूरसिंह कहां है?"

"वहीं अपनी रोज़ की जगह पर होगा।"

जगीरसिंह ने गर्दन घुमाकर पीछे टी-हाउस की तरफ देखा और ताराचन्द मसकीन से पूछा:

"कितने बजे हैं?"

"अढ़ाई बज रहे हैं—अभी कुछ मिनट रहते हैं।"

"इसका मतलब है कि कम से कम एक घण्टा और है।"

"किस बात में?"

"चार बजने में।"

"अबे पूरा डेढ़ घण्टा रहता है चार होने में।"

"बीच का आधा घण्टा तो छोड़ ही देन।"

"क्यों? आधा घण्टा नकटाई की गांठ से खेलते रहोगे क्या? आज

तो हद हो गई यार! तूने नकटाई भी बांध रखी है!”

“एक बात करो तुम। मैं यहीं खड़ा हूं। तुम ज़रा टी-हाउस का चक्कर काट आओ। अगर हजूरासिंह दिखाई दे तो बुला लाना।”

ताराचन्द उसकी बात नहीं समझ पाया, पर वह टी-हाउस की तरफ चल दिया। करोल बाग की इस बड़ी सड़क के मोड़ पर एक छोटा सा टी-हाउस था। जगीरसिंह जिस जगह खड़ा था, वहां से ज्यादा दूर नहीं था। ताराचन्द जब वापस आया तो हजूरसिंह उसके साथ था।

“मुबारक हो जगीरसिंह।” हजूरसिंह ने आते ही कहा। लगता था ताराचन्द मसकीन ने आते-आते उसे जगीरसिंह की इंटरव्यू वाली बात बता दी थी।

जगीरसिंह ने हजूरसिंह की बात का जवाब देने की जगह उन सबको गुरुद्वारे चलने के लिए कहा जो कि वहां से पास ही था।

तीनों गुरुद्वारे चले आए। जगीरसिंह ने गुरुद्वारे के भाई को सवा रुपया ‘परशाद’ के लिए दिया और गुरुग्रन्थ साहिबा की हजूरी में ‘अरदास’ करने लगा। अरदास कर लेने के बाद जगीरसिंह ने कहा, “गुरु महाराज! तुम्हारी हजूरी में खड़े होकर हम शपथ लेते हैं कि हम तीनों हमेशा एक-दूसरे के साथी रहेंगे। हम कृष्णसिंह और अपने साथ दुश्मनों का सामना करेंगे। गुरु महाराज! हमारे अंग-संग रहकर हमारी सहायता करना।”

जगीरसिंह ने दोनों हाथ जोड़े हुए थे, सिर झुकाकर उसने नमन किया। ताराचन्द मसकीन और हजूरसिंह ने भी माथा झुका दिया। गुरुद्वारे के भाई ने तीनों को ‘परशाद’ दिया।

गुरुद्वारे से बाहर आकर हजूरसिंह हंसते हुए बोला, “आज तो जगीरसिंह, तूने हमें शपथ दिलाकर हमारा मुंह बन्द कर दिया है। पहले तो कभी-कभार तेरी आगे-पीछे निन्दा-विन्दा कर लेते थे। पर अब तो

हम कुछ नहीं कर सकते। और फिर आज से कृष्णसिंह भी हमारा दुश्मन बन गया।"

गुरुद्वारे में जाते हुए सभीने अपनी जूतियां बाहर उतारी थीं। जूतों की राखी बैठे हुए आदमी ने हजूरसिंह के हाथ में पकड़ी हुई लाठी को भी बाहर रखवा लिया था। अब सबों ने बाहर आकर जूतियां भी पहन लीं और लाठी भी उठा ली।

## सात

कामिनी दफ्तर से वापस आकर, अपने कमरे में जाने से पहले अपने पिता के कमरे में जाया करती थी। आज जव कामिनी उनके कमरे में जाने लगी तो पीछे के बगीचे से आवाज़ सुनाई दी:

"आ गई हो बेटी!"

"आप बाहर बैठे हैं अभी तक! सर्दी लग जाएगी।"

"अन्दर ही बैठा हुआ था। अभी बाहर आया हूं।"

कामिनी बगीचे में अपने पिता के पास चली आई। पिछले कुछ दिनों से उसके पिता के हाथ पर एक बड़ा-सा छाला उठा आया था। शायद इसकी जड़ बैठ गई थी चमड़ी में। कामिनी ने पिताजी के हाथ की तरफ देखा। उन्होंने पट्टी खोल रखी थी।

"आज कुछ आराम लगता है।"

"आराम तो नहीं पर..."

"आज आपने इसकी पट्टी खोल रखी है..."

"पट्टी मैंने नहीं खोली...आज एक अजीब बात हुई। एक घण्टा पहले यहां एक आदमी आया था। तुमने किसी जगीरसिंह का नाम सुना है?"

"जगीरसिंह?"

"कहता था कि वह एक बहुत बड़ा शायर है।"

"एक दिन मेरे दफ्तर में आया था। मुझे उसकी कविताएं समझ नहीं आई थीं। मैंने उसका इन्टरव्यू नहीं छापा था।"

"आज वह तुम्हें मिलने के लिए यहां आया था।"

"मुझे मिलने के लिए। अगर उसे आना था तो पहले उसे फोन करना चाहिए था।"

"उसने शायद किया था। तुम दफ्तर में नहीं रही होगी।"

"फिर?"

"वह कुछ देर मेरे पास बैठा रहा। मेरे हाथ पर उसने पट्टी बंधी देखी तो मेरे साथ इस छाले की बातें करता रहा। अचानक उसने मेरे हाथ से पट्टी खोल दी और कहा कि वह इस छाले को देखना चाहता है। बड़ा अजीब आदमी है। मैं तो चकित रह गया। उसने कसकर मेरा हाथ पकड़ लिया और रिसते हुए छाले को उसने अपने होंठों से चूस लिया।"

"अपने होंठों से?"

"मैं तो घबरा गया था कि यह उसने क्या किया। पर वह हंसता हुआ दोनों आंखें बन्द करके बोला:

"बस अब कोई खतरा नहीं। अब वाह गुरू ने यह छाला ठीक कर देना है, क्योंकि वाह गुरू के बेटे ने इस ज़ख्म को चूस लिया है...' "

कामिनी हैरानी से अपने पिता के चेहरे की तरफ देखने लगी। उनकी आवाज़ में भी हैरानी थी। बोले, "जाने कैसा आदमी था! बावला लगता था...पर बातें ऐसे करता था जैसे पहुंचा हुआ फकीर हो...मैं जल्दी से पानी का गिलास लाया। उसे कल्लियां कराई। मझे डर था कि छाले

की पीव उसके मुंह को कहीं कोई नुकसान न पहुंचा दे।"

कामिनी ने कहा कुछ न। उसी तरह हैरान हुई खड़ी रही।

"कितनी अजीब बात है!"

"बहुत अजीब।"

"मुझे तो कुछ समझ में नहीं आया।"

"मुझे भी नहीं।"

"पर उसकी दिलेरी तो देखो।"

"दिलेरी...शायद। पर मुझे तो इस बात से एक घिन-सी आ रही है।"

दूसरे दिन इतवार था। कामिनी की छुट्टी थी। कामिनी ने सोचा कि आज वह अपने पिताजी के पास बैठकर उनके साथ अनुवाद का काम करेगी। इसलिए उसने सुबह की चाय पीने के बाद पीछे के बगीचे में, जहां सुबह की पहली धूप आती थी, वहां दरी बिछा ली और पिताजी के कमरे में जाकर उनकी किताबें और कागज़ ले आई। कामिनी पहले भी कई बार पिताजी के काम में हाथ बंटा चुकी थी। वह बोलते जाते थे, कामिनी लिखे जाती थी। ज़रूरत पड़ने पर डिक्शनरी भी वही देखती जाती।

अभी कामिनी ने करीब आधा घण्टा ही काम किया था कि उसे अपने घर के दरवाज़े के सामने एक गाड़ी रुकने की आवाज़ सुनाई दी। दो-तीन मिनट के बाद माली ने आकर बताया कि जगीरसिंह नाम के कोई साहब मिलने के लिए आए हुए हैं। कामिनी ने अपने पिता की ओर देखा और एक बार उसके पिता ने कामिनी की ओर। फिर उसके पिता ने माली से.कहा कि जगीरसिंह को यहीं बगीचे में ले आए।

जगीरसिंह ने आकर कामिनी को सरसरी तौर पर नमस्ते की

और फिर उसके पिता से उनके हाथ का हाल पूछने लगा। करीब आधा घण्टा जगीरसिंह बैठा रहा और इस अर्से में उसके पिता से ही बातें करता रहा। एक बार उसने सरसरी तौर पर कामिनी से कहा कि वह उसे किसी दिन अपनी नई कविताएं सुनाएगा। जब वह उठने लगा तो उसने कामिनी से पूछा कि वह इतनी दूर दफ्तर कैसे जाती है?

"हर एक घण्टे के बाद यहां से बस चलती है।" कामिनी ने उसे बताया।

"परन्तु आप एक गाड़ी क्यों नहीं ले लेतीं?" जगीरसिंह ने कहा।

"दफ्तर पहुंचकर दफ्तर की गाड़ी मिल जाती है। मुझे कोई तकलीफ नहीं होती।"

"पर अगर आपके पास अपनी गाड़ी हो तो आपको उसका अलाउंस मिल जाएगा।"

"हां। जिनके पास अपनी गाड़ियां हैं उन्हें अलाउंस मिलता है"

"मेरा ख्याल है कि आपका दफ्तर गाड़ी खरीदने के लिए कुछ इकट्ठी रकम भी देता है जो बाद में अलाउंस में से काट ली जाती है।"

"शायद! मुझे मालूम नहीं।"

"आप गाड़ी चलाना जानती हैं?"

कामिनी ने कोई जवाब न दिया।

"मैं आपको गाड़ी चलाना सिखा दूंगा।"

कामिनी ने फिर भी कोई जवाब न दिया। उसके बाद जगीरसिंह ने कामिनी के पिता से कहा कि वह उनके हाथ पर लगाने के लिए बहुत अच्छी मरहम लाकर देगा। इसके बाद वह चला गया।

"मालूम नहीं यह आदमी इतना मेहरबान क्यों होना चाहता है..." कामिनी ने एक बार कहा और उसके बाद वह कागज़ उठाकर अपने काम में खो गई।

उससे अगले रविवार जगीरसिंह फिर आया और इकरार के मुताबिक पिताजी के हाथ पर लगाने के लिए मरहम की डिब्बी भी लाया।

कुछ देर बैठने के बाद उसने कामिनी को बताया कि बेशक उसके पास अपनी कोई गाड़ी नहीं थी, पर वह बहुत जल्दी अपनी गाड़ी खरीदने जा रहा था। वैसे आज भी उसके पास एक दोस्त की गाड़ी थी और अगर कामिनी चाहे तो वह आज भी उसे कुछ देर गाड़ी चलाना सिखा सकता था।

"मैं गाड़ी चलाना जानती हूं।" कामिनी ने कहा। पर जगीरसिंह ने समझा कि बात को टालने के लिए कामिनी ने ऐसा कहा था।

"आप गाड़ी चलाना सीख लीजिए। फिर जब आपका जी करे गाड़ी खरीद लीजिएगा। अगर नई गाड़ी नहीं तो सैकेंड हैंड गाड़ी बहुत जल्दी मिल सकती है।" जगीरसिंह ने कहा।

"मुझे अभी गाड़ी नहीं खरीदनी।" कामिनी ने कहा और उसने पिताजी के हाथ से किताब लेकर उतनी देर अनुवाद में अपने आपको व्यस्त किए रखा जितनी देर वे जगीरसिंह से बातें करते रहे।

यह अगले सप्ताह की बात है—इतवार की नहीं, मंगल की। कामिनी सुबह बस-स्टाप पर खड़ी थी कि एक लाल रंग की पुरानी-सी गाड़ी उसके पास आ खड़ी हुई। गाड़ी में जगीरसिंह बैठा हुआ था।

"आप कनाट प्लेस जा रही हैं?" जगीरसिंह ने पूछा।

"हां, अपने दफ्तर।"

"मैं फरीदाबाद से वापस पा रहा हूं...सुबह ही चल दिया था...एक ज़मीन देखनी थी। मुझे कनाट प्लेस की तरफ ही जाना है। बैठ जाइए, आपको दफ्तर छोड़ आऊंगा।"

कामिनी का इनकार करने को मन हुआ, पर 'न' करने का कोई कारण नहीं था। वह जगीरसिंह की गाड़ी में बैठ गई। रास्ते में जगीरसिंह ने कोई खास बात न की। वह सिर्फ यही बताता रहा कि इन दिनों इस तरफ बहुत-सी नई फैक्टरियां खुल रही थीं और ज़मीनों के भाव बढ़ रहे थे।

कामिनी अपने दफ्तर के पास पहुंचकर गाड़ी से उतर पड़ी। पर अपने दफ्तर के अन्दर जाते समय उसे ख्याल आया कि वह जगीरसिंह के साथ ज़रूरत से ज़्यादा घुटी-घुटी रही। ऐसी बात नहीं है। आदमी बावरा-सा लगता है, पर शायद दिल का बुरा नहीं है।

इसके बाद दो-तीन बार ऐसा हुआ कि आठ-दस दिनों के अंतर पर जगीरसिंह उसे सुबह बस-स्टाप पर मिलता। वह बताता कि वह फरीदाबाद से आ रहा था और कामिनी को गाड़ी में बैठ जाने के लिए कहता। कामिनी बैठ जाती और वह उसे दफ्तर छोड़ आता।

जगीरसिंह ने फिर कभी कामिनी के साथ अपनी नज़्मों की बात नहीं की थी। सिर्फ एक बार गाड़ी चलाते-चलाते उसने एक कविता सुनाई थी जिसकी कामिनी को कोई समझ नहीं आई थी।

एक दिन जगीरसिंह ने कामिनी को हुकमिया लहजे में कहा कि उसे पत्रकार की घटिया नौकरी नहीं करनी चाहिए क्योंकि इस नौकरी के सिलसिले में उसे कई अच्छे-बुरे लोगों को मिलना पड़ता है।—साथ ही अच्छे-बुरे लोगों की बात करते हुए उसने कहा कि कृष्णसिंह नाम का शायर बहुत घटिया आदमी है।

एक दिन जगीरसिंह कामिनी से एक कान्फ्रेंस में मिल गया। कान्फ्रेंस से उठकर कामिनी जब एक टैक्सी में बैठने लगी तो जगीरसिंह ने कहा कि वह उसे अपनी गाड़ी में छोड़ आएगा। दफ्तर की एक गाड़ी आज खराब थी और बाकी की दो गाड़ियां आज खाली नहीं थीं। इसलिए कामिनी अपने दफ्तर से कन्वेयंस 'अलाउंस' लेकर टैक्सी में चली आई थी। कान्फ्रेंस में बैठी-बैठी कामिनी बहुत थक गई थी। बाहर एक चाय के स्टाल से कामिनी ने चाय का प्याला पिया। जगीरसिंह ने भी चाय पी। पर जब कामिनी ने सामने बैठे हुए एक पानवाले को पान देने के लिए कहा तो जगीरसिंह ने पान लेने से इनकार कर दिया। कामिनी ने अपने लिए एक पान ले लिया।

पर वहां से गाड़ी में बिठाकर जगीरसिंह जब उसे उसके दफ्तर छोड़ने के लिए जा रहा था तो उसने कामिनी से कहा कि आज कामिनी को पान खाते हुए देखकर उसे बहुत हैरानी हुई थी, क्योंकि शरीफ औरतें कभी पान नहीं खातीं। कामिनी ने माथे में एक सिलवट डालकर जगीरसिंह की तरफ एक बार देखा, पर कहा कुछ नहीं। उस दिन के बाद कामिनी ने हमेशा इस बात का ध्यान रखा कि उसे कभी जगीरसिंह की गाड़ी में बैठने का मौका न मिले। जगीरसिंह की गाड़ी में उसे अपना सांस घुटता हुआ महसूस होता था।

काफी दिन गुज़र गए। कामिनी का कभी जगीरसिंह से सामना न हुआ। रास्ते में अगर उसे कहीं लाल रंग की गाड़ी नज़र आ जाती तो इस शक के बावजूद भी कि गाड़ी किसी और की होगी, क्योंकि शहर में इस रंग की और भी कई गाड़ियां थीं, कामिनी रास्ता छोड़ देती थी।

...और फिर एक दिन अचानक जगीरसिंह कामिनी के घर आ

गया। कामिनी के पिता उस दिन शहर में किसीका लेक्चर सुनने के लिए गए हुए थे। पता नहीं जगीरसिंह यह बात पहले से जानता था, या ऐसा इत्तफाक से ही हुआ था।

जगीरसिंह गाड़ी में बेशक आया था, पर उसका सांस इस तरह उखड़ा हुआ था जैसे बहुत दूर से पैदल चलकर आ रहा हो।

उसने कामिनी को रस्मी तौर पर नमस्ते भी न की,सिर्फ कुछ देर उसकी तरफ यूं ही देखता रहा और फिर अचानक अपनी पगड़ी उतारकर कामिनी के पैरों पर फेंक दी।

कामिनी इतना घबरा उठी कि उसे समझ न आया कि वह क्या करे। वह घबराकर कमरे से उठ खड़ी हुई और बाहर बगीचे में आ गई।

जगीरसिंह ने पगड़ी सिर पर रख ली और कामिनी के पीछे-पीछे बगीचे में आकर कहने लगा, "महारानी! तुम मुझे माफ नहीं करोगी?"

कामिनी ने घबराकर जगीरसिंह की तरफ देखा। उसे हैरानी थी कि एक ही मिनट में वह 'महारानी' भी बन गई थी और 'तुम' भी बन गई थी। उसने दूसरी तरफ देखते हुए सिर्फ इतना कहा, "प्लीज़! आप इस समय यहां से चले जाएं।" इतना कहकर कामिनी बाहर के गेट की तरफ इस तरह बढ़ चली कि अगर जगीरसिंह यहां से अभी न जाए तो वह खुद ही कहीं चली जाएगी।

कामिनी गेट के पास आकर खड़ी रही और फिर उसने देखा कि जगीरसिंह उसके पास से होता हुआ बाहर चला गया था।

इसके बाद जगीरसिंह कभी कामिनी से न मिला। सिर्फ एक बार उसके पिता से मिला तो उन्हें बताया कि उसे एक अजीब सपना आया था कि अगर कामिनी उससे नाराज़ हो गई तो उसका सात साल का इकलौता

बेटा मर जाएगा।

इस बात को न तो कामिनी के पिता ही समझ सके और न कामिनी ही। पर दोनों को इस आदमी के नाम से वितृष्णा हो आई।

## आठ

कामिनी आज बहुत उदास थी। उसने कलम को कई-कई बार हाथ में उठाया और फिर रख दिया। फिर वह अपने कमरे से उठी और एक गर्म चादर अपने कन्धों पर ओढ़कर बाहर अपने बगीचे में आ गई। सुबह होने को थी, पर अंधेरा अभी इतना सघन था कि वह सड़क से पार की पगडंडी पर नहीं जा सकती थी। इस वादी में बहुत-सी ज़मीन पथरीली थी, पर सड़क के एक तरफ की ज़मीन सपाट थी जिसपर कुछ घर भी बने हुए थे। सड़क के दूसरी तरफ पथरीली ज़मीन का अब भी एक ऐसा टुकड़ा था जिसपर अभी कोई मकान नहीं बना था। कामिनी कई बार उस टीले पर सैर करने के लिए जाया करती थी। कामिनी कुछ देर अपने छोटे-से बाग में चहलकदमी करती रही। बीच में दो बार एक नीम के तने से कन्धे टेककर उसने आसमान की तरफ देखा। सुबह की हलकी-सी रोशनी निकल आई। वह सामने का गेट खोलकर बाहर आ गई और टीले की कच्ची पगडंडी पर चढ़ने लगी।

कामिनी अभी कुछ ही दूर गई थी कि उसके पैर थम गए। वह एक मिनट चुपचाप उसी तरह खड़ी रही और फिर चुपचाप नीचे लौट आई। कामिनी तेज़ कदमों से चलती हुई अपने कमरे में चली आई। उसने मेज़ की बत्ती जलाई और कलम हाथ में लेकर कागज़ पर कुछ लिखना शुरू कर दिया।

कामिनी ने जब कलम हाथ से रखी तो रोशनी काफी चकमका गई थी। लिखे हुए कागज़ों को इकट्ठा करके कामिनी ने उन्हें पिन कर दिया।

कामिनी को अपनी बांहों में बहुत थकावट महसूस हो रही थी। उसने अपने बायें हाथ से अपने दायें हाथ को दबाया और फिर कुछ देर नपने दायें हाथ से बायें हाथ को। उसके कन्धे ऐंठा गए थे। अपनी तलियों से ही उसने कन्धों को एक-एक कर दबाया और फिर रसोई में जाकर चाय बनानी शुरू कर दी।

चाय का एक 'मग' भरकर उसने अपने पिताजी के कमरे की तरफ देखा। कमरे की बत्ती जल रही थी। शायद वे अखबार पढ़ रहे थे। चाय का 'मग' उन्हें देते हा कामिनी ने उनसे पूछा, "आज की अखबार मा गई है?"

"यह तो बेटा कल की अखबार है, आज की अभी नहीं आई, नहीं तो माली अन्दर आकर दे जाता..."

पिताजी ने आंखों से ऐनक को उतारा और चादर की कन्नी से उसके शीशे को पोंछते हुए बोले, "पंजाब का सफर कैसा रहा? तुमने रात कुछ बताया नहीं था।"

"मैं रात बहुत थकी हुई थी। रात सो भी अच्छी तरह नहीं सकी। सुबह उठकर मैंने एक कालम लिखा है। कोई खास बात नहीं। जलियांवाले बाग का जलसा देखने के लिए गई थी—उसीके बारे में लिखा है।"

"तुम्हारी चाय ठंडी हो रही होगी। जाओ बेटा! पहले चाय पी लो। बाद में ज़रा बाहर देख लेना, शायद आज की अखबार आई हो। माली कई बार खुद ही देर से उठता है...अखबार गेट के पास पड़ी रहती है।"

कामिनी ने रसोई में वापस आकर चाय का प्याला बनाया और आधा प्याला पीकर प्याले को हाथ में लिए वह गेट के पास आ गई।

माली गेट के पास पड़ी अखबारों को उठा रहा था। जिस समय कामिनी वहां पहुंची उसने दोनों अखबारें माली के हाथ से ले लीं और वापस अपने कमरे में आ गई।

अखबार खोलते ही कामिनी की नज़र नार्दर्न एक्सप्रेस के उस कोने पर पड़ी जहां पर रोज़ नासिर का बनाया हुआ एक कार्टून छपा करता था। कामिनी ने कार्टून देखा, पढ़ा, एक बार पढ़ा, दो बार पढ़ा।

इस कार्टून में अंग्रेज़ी का एक प्रोफेसर अपनी जमात में अपने विद्यार्थियों से पूछ रहा था कि हमारे देश में आजकल कौन-सा शब्द सबसे ज़्यादा इस्तेमाल में आता है, कौन-सा शब्द सबसे ज़्यादा 'फैशन' में है? और विद्यार्थियों के झुरमुट में से एक विद्यार्थी हाथ खड़ा करके कह रहा था, "आजकल जिस शब्द को सबसे ज़्यादा प्रयोग किया जाता है वह शब्द है 'एंटी'—क्योंकि लोग दिन-ब-दिन एंटी मैरिट, एंटी वूमैन, एंटी माइंड और एंटी लाइफ होते जा रहे है।"

कामिनी कार्टून को काफी देर तक देखती रही और फिर उसने एक लम्बा सांस लिया। रसोई में जाकर उसने चाय का एक और प्याला बनाया और नाय के दो गर्म घूंट पीकर उसने टेलीफोन का नम्बर मिलाया:

"कौन नासिर? मैं कामिनी बोल रही हूं।"

"कामिनी!"

"आज का कार्टून बहुत अच्छा है, बहुत ही अच्छा।"

"मुझे खुशी है, कामिनी, आपको पसन्द आया है।"

"मैंने आज सुबह अपना कालम लिखा है...मैं पंजाब गई हुई थी।

वहां मैंने जलियांवाला बाग का जलसा देखा था।"

"परमों छपेगा, इतवार?"

"हां, परसों छपेगा, पर मैं अभी कुछ लाइनें सुनाऊं?"

"ज़रूर।"

"अच्छा...एक मिनट।"...

कामिनी मेज़ पर से उन कागज़ों को उठा लाई जो उसने आज सुबह लिखे थे और टेलीफोन पर उसने उसकी आखिरी पंक्तियां पढ़ीं:

"लोग उन शहीदों की याद में इकट्ठे हुए थे जो अपनी मासूमियत में एक दिन हाकिमों की गोलियों का शिकार हुए थे। लोग उन दीवारों को देख रहे थे जिन दीवारों में उन गोलियों के निशान आज तक महफूज़ थे। लोग कितनी ही देर अपनी-अपनी खामोशियों में डूबे रहे, एक मन और एक तन होकर। लगता था जैसे वे सिर्फ उन शहीदों की याद में ही इस तरह सिर झुकाकर खड़े हुए न हों, बल्कि उन गुमनाम शहीदों की याद में भी वे सिर झुका रहे हों—जो आज भी रोज़ हमारी गलियों में और बाज़ारों में शहीद होते है।"

एक लम्बा सांस लेकर कामिनी ने आगे पढ़ा, "कभी 'डायर' नाम के एक हाकिम ने गोलियां चलाई थीं, आज 'सिस्टम' नाम की एक चीज़ गोलियां चला रही है। यह बात अलग है कि इन गुमनाम गोलियों के निशान भी गुमनाम होते हैं। पर इनसे सिर्फ हमारे लोग ही नहीं, हमारी जबान के लफ्ज़ भी ज़ख्मी हो रहे हैं। 'मिहनत', 'हक', 'सच्चाई', 'ईमान' और 'मूल्यवानता' जैसे शब्द आज इतने ज़ख्मी हो गए हैं..."

कामिनी का गला भर पाया। यह नासिर और कामिनी दोनों के लिए एक नया एहसास था। कामिनी कई बार भरे हुए मन से इस तरह

के कालम लिखा करती, पर उन्हें पढ़ते समय कभी उसका गला नहीं भर्राया था।

"कामिनी!"

"हां, नासिर!"

"मुझे पूछने का कोई हक नहीं...पर..."

"मैं आज बहुत उदास हूं नासिर...सुबह कालम लिखा था, पर सोच रही थी कि मैं किसके लिए यह सब कुछ लिखती हूं...लोग कभी भी किसी चीज़ से 'सीरियस' नहीं होते...मैं यह सारा कुछ इतना...सीरियस इतने नान-सीरियस लोगों के लिए क्यों लिखती हुं।

'कामिनी!"

"मैंने आपका कार्टून देखा...वह भी मेरे कालम की तरह सीरियस है...इसलिए मैंने आपको फोन कर लिया...यह आपका देश इतना 'एंटी-वूमैन' है कि शायद आपको भी मालूम नहीं।"

"मुझे मालूम है।"

"जितना मालूम एक औरत को हो सकता है, उतना शायद किसी और को नहीं..."

"हां, कामिनी।"

"अच्छा नासिर! आपके कार्टून के लिए शुक्रिया!"

"शुक्रिया!"

"एट लीस्ट, देयर इज़ ए मैन, बन मैन, हू थिंक्स..."

"पर इस आदमी को आप कुछ मिनटों के लिए अपने पास आने की इजाज़त नहीं दे सकतीं!"

"नासिर...! ...इजाज़त?...हमारे इस देश की सभ्यता औरत से इजाज़त लेना नहीं सिखाती...औरत के साथ तिवाह ज़बर्दस्ती किया जाता है...औरत के साथ इश्क भी ज़बर्दस्ती किया जाता है...और औरत

का 'ज़िकर' भी ज़बर्दस्ती...'

"और किसीको शायद न हो, पर मेरे दिल में इस 'इजाज़त' के लफ्ज़ के लिए कदर है...मुझे आज इजाज़त दे दीजिए..."

"अच्छा नासिर, आ जाइए...मैं इन्सान से शायद इतनी डिसगस्टेड नहीं हुई।"

समय में कम से कम एक घण्टे का फर्क पड़ गया होगा, पर कामिनी के मन की हालत में नासिर के माने तक सूत-भर का भी फर्क नहीं पड़ा था। कामिनी ने आज नासिर को बाहर बगीचे में नहीं, उसे अपने कमरे में बिठाया।

"चाय का प्याला पिएंगे?" कामिनी ने पूछा।

"हां!"

कामिनी ने माली के सिवा घर में कोई नौकर नहीं रखा था। वह अपनी और पिताजी की रोटी खुद बनाती थी। माली को उसने चाय बनानी सिखा दी थी। वक्त-बेवक्त वह चाय बना दिया करता था।

कामिनी ने माली को चाय बनाने के लिए कहा और फिर कमरे में आकर एक दीवान पर बैठ गई।

"आपके लिए आज का कार्टून शायद बहुत बड़ी बात नहीं—पर मेरे लिए वह बहुत बड़ी बात है..." कामिनी ने धीरे से कहा।

"इससे अच्छे कालम आप खुद लिखती हैं, कामिनीजी!"

"पर कुछ दिनों से मुझे ऐसा लगने लगा है कि मैं जो कुछ लिखती हूं—उसका कोई मतलब नहीं, क्योंकि उसे पढ़नेवाला कोई नहीं।"

"आपको वह कालम याद है जो आपने मेरे आर्ट के बारे में लिखा था?"

"हां।"

"आपने लिखा था कि आज इस चित्रकार को जिस औरत को पेंट करते हुए देख रहे हैं वह है वुमैन विद ए फ्लावर। वुमैन विद ए कांब, वुमैन विद ए बैंगल। पर हम उस दिन की इन्तज़ार करेंगे जब यह चित्रकार पेंट करेगा: वुमैन विद द माइंड।"

"आपने इस बात को 'सीरियस' कैसे मान लिया...हमारे देश में औरत की बात को कभी भी 'सीरियसली' नहीं लिया जाता।"

"मैं देश की बात नहीं करता, सिर्फ अपनी कर रहा हूं।"

"सो इट एगज़िस्ट्स।"

"कामिनी!"

"मैं इस देश के बहुत बड़े लोगों से मिली हूं। यह कालम मुझे बड़े लोगों से मिलने का मौका देता है। बहुत बड़े लेखकों से... सो काल्ड बड़े लेखकों से...पर आज तक मेरा यही ख्याल था कि इट इज़ नाट एगजिस्ट।"

"क्या कामिनी!"

"यह सब जो आपके कार्टून में है।"

कामिनी कुछ देर के लिए एकदम चुपिया गई, फिर नासिर की ओर देखकर बोली, "पिछले दिनों मेरा एक कवि से वास्ता पड़ा था। मैं एक नया कालम सोच रही थी जिसमें अदीबों के इंटरव्यू छापने का विचार था। इसके लिए मैंने कई अदीबों को चिट्ठियां भी लिखीं और टेलीफोन भी किए। एक दिन एक कवि ने मेरे दफ्तर में आकर मुझे कविताएं सुनाईं और इंटरव्यू भी दिया। इसके बाद वह दो-तीन बार घर भी आया। मैंने बुलाया नहीं था। खुद ही चला आया। दो-तीन बार बस-स्टाप पर मिला और मुझे अपनी गाड़ी में बिठाकर दफ्तर छोड़ आया। बाद में मुझे मालूम हा कि वह ग।ाड़ी किसीकी मांगकर लाता था और लोगों से कहता कि उसपर बहुत कविता उतरी हुई है, क्योंकि वह इन दिनों किसी लड़की

से मिलता था जिसकी आवाज़ में से उसे जल-तरंग सुनाई देती थी...सुन रहे हो न नासिर!"

"हां।"

"मुझे उसने कभी कुछ नहीं कहा था। पर लोगों से उसने यह कहना शुरू कर दिया कि आजकल उसपर बहुत कविता उतरी हुई थी...आप जानते ही हैं, कि हमारे देश में लोग कविता लिखते नहीं...बल्कि कविता उनपर उतरती है।"

"हां, कामिनी।"

'जिस दिन वह मुझे इंटरव्यू देने के लिए आया था, मुझे मालूम हुआ कि उस दिन उसने अपने कुछ दोस्तों में इस बात की इतनी पैंठ विठाई कि किसी दोस्त से उसने गैकटाई उधार ली, किसी दोस्त से पैसे उधार लिए कि क्या मालूम मैं आज ही उसके साथ चाय पीने के लिए मान जाऊं और उसे किसी बड़े होटल में जाकर पैसे खर्च करने पड़ें! यह सब कुछ मुझे बाद में मालम हुमा—उसीके किसी दोस्त ने मुझे टेलीफोन करके बताया। पर अजीब है कि बात इतनी फैली हुई है कि मैंने पंजाब में भी सुनी थी। मुझे मालूम हुआ है कि उसने जितनी भी बे-सिर-पैर की कविताएं लिखी हैं, उन्हें वह मेरा नाम ले-लेकर पढ़ता है..."

"मुझे मालूम है कामिनी।"

"आपको मालूम है?"

"यहां टी-हाउस में भी कई लोग ये बातें करते हैं..."

"यहां टी-हाउस में... ?"

"असल में आज के कार्टून में मैंने जो लिखा था कि हमारे देश के लोग एंटी-वूमैन हैं, तो मेरा मतलब इसी बात से था।"

माली चाय के प्याले और चाय की केतली एक ट्रे में रखकर

ले आया। प्यालों में चाय डालकर एक प्याला नासिर को देती हुई कामिनी बोली:

"एक आदमी कभी-कभी मुझे टेलीफोन करता है। अपना नाम नहीं बताता, सिर्फ इतना कहता है कि मैं आपका एक वैलविशर बोल रहा हूं।"

"जगीरसिंह की सभी बातें उसीने बताई हैं?"

"उसीने...कल रात उसने टेलीफोन किया था कि जगीरसिंह और उसके कुछ साथी मिलकर एक अखबार निकालने की सोच रहे हैं... मालूम नहीं साप्ताहिक या पाक्षिक...उस अखबार का नाम होगा 'मौज मेला'। उसमें वे लोग मेरे खिलाफ लिखेंगे।..."

नासिर ने कुछ न कहा, सिर्फ चाय पीता रहा। चाय का गर्म प्याला जैसे तलखी का भरा हुआ एक प्याला था। नासिर उसे घूंट-घूंट पीता रहा।

## नौ

शहर में हुई औरतों की एक कान्फ्रेंस से कामिनी अभी लौटी थी। उसके पैरों में इतनी थकावट नहीं थी जितनी उसके माथे में उदासी थी। अपने कमरे में आकर उसका कुछ देर आराम करने को मन हुआ। पर उसकी उदासी इतना आराम नहीं मांग रही थी जितना इज़हार।

कामिनी ने मेज़ की बत्ती को जला लिया और लिखने बैठ गई: "औरतों की कान्फ्रेंस के पहले समारोह में कान्फ्रेंस का आरम्भ बड़े साधारण तौर-तरीके से हुआ। पर इस इजलास की सबसे पहली और बड़ी मांग थी कि देश में बढ़ती हुई कीमतों को रोका जाए। इस मांग को

पेश करते समय किसी भी आवाज़ का रोष साधारण नहीं था। सिर्फ मांग पेश करनेवाली औरतों में से और इस मांग का समर्थन करनेवालियों में से किसीको यह मालूम नहीं हो रहा था कि वे यह मांग किसके आगे पेश करने जा रही हैं। एक तरह से कोई औरत भी इस मांग को उतना नहीं सुना रही थी जितना उन कानों को तलाश कर रही थी, जिन कानों को यह मांग सुनाई जा रही थी।

इस इजलास की दूसरी मांग थी कि देश में काले बाज़ार को बंद किया जाए। पर यह मांग पेश करते समय भी वही बात थी क्योंकि हर किसीको मालूम था कि कुछ साल पहले जब कोई इस बाज़ार की बात कहता था तो सबके कान ठनक उठते थे। क्योंकि यह बाज़ार कहीं होता ज़रूर था पर किसीकी आंखों के सामने मेले के बाज़ार की तरह लगा हुआ दिखाई नहीं देता था। और अब यह आंखों के सामने इस तरह प्रत्यक्ष था जैसे देश के चुने हुए बास्तुकार और इन्जीनियर मिलकर दिन-रात इस बाज़ार का निर्माण कर रहे हों। और इस बाज़ार से गुज़रनेवालों को अपनी आंखें चूराने की ज़रूरत नहीं पड़ती थी। वे आराम से गाड़ी में बैठकर आ सकते थे और शापिंग कर सकते थे।

कान्फ्रेंस के दूसरे समारोह में कोई मांग या प्रस्ताव नहीं किया गया, बल्कि सामूहिक तौर पर औरत की हालत और उसके अधिकारों पर विचार किया गया। विचार के कई पहलू थे, जिनमें से एक पहलू यह भी था कि दफ्तरों और दूकानों में काम करनेवाली लड़कियों की आर्थिक मजबूरी का गलत फायदा नहीं उठाया जाना चाहिए। इस तरह खुले तौर पर विचार कर सकने की दिलेरी देखकर दो लफ्ज़ों का ख्याल ज़रूर आता है: एक है औरत की स्वतन्त्रता और दूसरा औरत की उन्नति। मुझे एक इतालवी औरत की कही हुई बात याद आ रही है। उसने ज़िन्दगी में

औरत की जगह देखने के लिए कई देशों का सफर किया और आखिर में कहा कि स्वतन्त्रता और उन्नति सही अर्थों में कहीं नहीं है, पर इन दो लफ़्ज़ों को हर देश की औरत अपने मुंह में इस तरह चूस रही है जैसे ये दोनों अक्षर 'च्युइंग गम' हों।

इस समारोह की सारी कार्रवाई में औरतज़ात की कुछ वे मुश्किलें थीं जिनका जिक्र किया गया। और कुछ वे मुश्किलें थीं जिनका ज़िक्र नहीं किया गया। पर संक्षेप में यदि सारे विचारविनिमय को एक ही पंक्ति में कहना हो तो कहा जा सकता है कि यह कोख के अंधेरे से लेकर कब्र के अंधेरे तक का एक सफरनामा था। औरतज़ात का सफरनामा।

"औरतज़ात का सफरनामा।" कामिनी ने अपने लिखे हुए इन शब्दों को अपने होंठों में दुहराया और एक लम्बा सांस लेकर सोचा कि दुनिया की कोई कलम कभी इस पूरे सफरनामे को कभी नहीं लिख सकती। कामिनी के माथे में हल्का-सा दर्द हो रहा था। उसके दिल में आया कि रसोई में जाकर चाय या कॉफी का एक प्याला बनाए। कामिनी ने माचिस की डिब्बी अभी हाथ में पकड़ी थी कि टेलीफोन की घण्टी बजी। कामिनी ने रिसीवर उठाया तो आवाज़ सुनाई दी:

"आप कामिनी बोल रही हैं?"

"हां।"

"मैं आपका एक वैल विशर बोल रहा हूं।"

"कहिए।"

"मैंने दुपहर को आपके दफ्तर टेलीफोन किया था। पर आप औरतों की कान्फ्रेंस में गई हुई थीं।...इसलिए अब फिर से टेलीफोन कर रहा हूं।"

"कहिए।"

"मैं आपको बस यही बताना चाहता था कि जगीरसिंह के हाथ से कोई चीज़ न खाइएगा।"

"क्या मतलब?"

"मुझे मालूम हुआ है कि वह आपको किसी मिठाई में मिलाकर कोई ऐसी-वैसी चीज़ खिलाना चाहता है।"

"यह सब क्या है! मुझे कुछ समझ नहीं आता! आप कौन बोल रहे हैं? आप मुझे अपना नाम क्यों नहीं बताते?"

"मैं आपको सिर्फ इतना बता सकता हूं कि जगीरसिंह का विचार है, अगर वह सफेद घोड़े के नाखूनों को जलाकर उनकी राख को अगर किसी तरह आपको खिला दे तो आपकी सारी सोचने-समझने की ताकत उसके बस में हो जाएगी।"

"माई गॉड..."

"बस आप उसकी दी हुई या भेजी हुई कोई चीज़ मत खाइएगा। बाकी देखा जाएगा।

"............."

कामिनी ने टेलीफोन का रिसीवर रख दिया। उसके हाथों में एक हल्की-सी कम्पन आ गई थी। वह रसोई में जाकर कॉफी बनाने लगी। उसने गैस जलाई और छोटी केतली में पानी डालकर गैस पर रख दी। कामिनी विचारों में इस कदर खोई हुई थी कि हाथ में जलती हुई तीली उसने अजाने ही एक तरफ फेंक दी थी।

नौंककर कामिनी ने देखा कि गैस के सिलेंडर के पास सब्ज़ी के छिलकोंवाली टोकरी में उसकी फेंकी हई तीली जा पड़ी थी। टोकरी में रद्दी के कुछ फटे हुए कागज़ भी रखे थे। तीली उन्हें छू गई थी और कागज़ों ने जलना शुरू कर दिया था। कामिनी ने जल्दी से आग बुझा दी। आग बुझाते हुए जिन कागज़ों पर कामिनी की नज़र पड़ी वे कागज़ उस

अखबार के थे जिस अखबार का नाम पिछले हफ्ते किसीने उसे टेलीफोन पर बताया था।

कामिनी ने टोकरी में से अखबार के कागज़ निकाले। कागज़ एक तरफ से कुछ जल गया था, पर उसका ज़्यादा हिस्सा अभी भी साबुत था। कामिनी ने देखा, कागज़ के एक टुकड़े पर लाल पेन्सिल की एक लकीर लगी हुई थी। कामिनी ने वह टुकड़ा पढ़ा। लिखा था: "कामिनी नाम की औरत को हम जर्नलिस्ट नहीं समझते। उसे कुछ भी लिखना नहीं आता। वह एक शोलानुमा औरत है। यह ठीक है कि उसे एक बहुत बड़े अंग्रेज़ी अखबार में नौकरी मिली हई है, पर इस नौकरी को उसने अपनी जवानी और हुस्न की कीमत देकर जिस तरह हासिल किया है—उस तरह कोई शरीफ औरत कभी नहीं कर सकती। वह खूबसूरत है। बाल-बाल खूबसूरत है। रुपये में सोलह आने नहीं—बीस आने खूबसूरत है। लोग सोच सकते हैं कि इस तरह की औरत को कुछ भी हासिल करने में कोई मुश्किल पेश नहीं आ सकती।..."

कामिनी ने अखबार को कचरे की टोकरी में फिर से रख दिया जहां वह पहले रखी हुई थी, पर उसके सिर में चक्कर आने लगे थे। एक मिनट के लिए उसने अपना सिर गैस के सिलेंडर पर रख दिया।

कुछ देर बाद कामिनी ने गैस के सिलेंडर से सिर उठाया और कॉफी बनाने लगी। प्याले में से कॉफी का घूंट लेते हुए उसे ख्याल आया कि यह अखबार आज की डाक में उस समय आई होगी, जबकि वह घर नहीं थी। उसके पिताजी ने कभी उसकी कोई चिट्ठी नहीं खोली थी ; पर अखबारों को वे खोल लिया करते थे। उन्होंने अखबार पढ़ी होगी और सोचा होगा कि कामिनी इस अखबार को न पढ़े। मुझसे अखबार को छुपाने के लिए फाड़कर इस कचरे की टोकरी में फेंक दिया होगा। और

पिताजी के इतने नाज़ुक व्यवहार की बात सोचकर कामिनी की आंखें सजल हो आईं।

कामिनी ने कॉफी का प्याला पिया और खाली प्याले को धोकर रख दिया। कामिनी अभी अपने कमरे में आई ही थी कि टेलीफोन की घण्टी बजी।

"मैं नासिर बोल रहा हूं कामिनी!"

"राजस्थान से कब लौटे नासिर?"

"आज दुपहर।"

"बहुत कुछ पेंट किया वहां?"

"पेंट भी किया है, कुछ फोटोग्राफ भी लिए हैं। मेरा ख्याल है फोटोग्राफ बहुत अच्छे हैं। कुछ फिल्में धोने के लिए दी हैं...कल निगेटिव मिल जाएंगे।"

"गुड।"

"कामिनी! मैंने इस समय एक खास बात कहने के लिए टेलीफोन किया है।"

"कहिए!"

"वुड यू डू मी ए फेवर?"

"कहें नासिर!"

"यह मुझपर अहसान होगा!"

"कहें भी नासिर!"

"कल की डाक में अगर कोई अखबार आपके पास पहुंचे तो उसे बिना पढ़े ही फाड़कर फेंक देना...घर में कोई कचरे के लिए डिब्बा होगा ही, उसमें फेंक देना।"

"नासिर..."

"दैट पेपर बिलांग्ज़ टु ए डस्टविन!"

"पर नासिर..."

"मुझसे वायदा करो कामिनी।"

"एक अखबार आज की डाक में पाया था...मैं जानती हूं आप उसीका ज़िक्र कर रहे हैं।"

"उफ!"

"पर आपकी इच्छा पिताजी ने पूरी कर दी थी। मेरे आने से पहले ही उन्होंने उसे फाड़कर कचरे की टोकरी में फेंक दिया था। यह बात अलग है कि वह फिर भी किसी तरह मेरी नज़र से गुज़र गई।"

"अच्छा कामिनी! अब उस अखबार को भूल जाइए। जो कुछ उसमें लिखा हुआ था—उसे भी भूल जाइए। वादा कीजिए मेरे साथ!"

"अच्छा नासिर! मैं नहीं सोचूंगी...और फिर सोचने से इसका अन्त भी नहीं होने का..."

"कचरा सिर्फ गलियों और बाज़ारों में ही नहीं होता। कचरा बहुत-से लोगों के मनों में भी होता है..."

"हां, नासिर! पर इस अखबार की बात का आपको आते ही कैसे पता चल गई?"

"आज शाम को मैं टी-हाउस गया था। वहां किसीके पास यह अखबार था। इसपर कुछ आदमी बहस कर रहे थे। वहां...."

"चुप क्यों हो रहे नासिर?"

"चुप नहीं। सोच रहा था कुछ अच्छे लोग भी इस दुनिया में बाकी हैं। वहां टी-हाउस में आज एक अजीब बात हुई। किसीने यह अखबार पढ़कर आपके बारे में बहुत 'नेस्ती' बात कही। साथ की मेज़ पर कोई और बैठा हुआ था। मैं नहीं जानता कौन था। उसने अपने पैर से बूट उतारकर मेज़ पर रख दिया और जिसने वह 'नेस्ती' बात कही थी, उसे

'चैलेंज' करते हुए कहा कि वह अपने फिकरे को एक बार फिर दुहराए। किसीने उसके चैलेंज का जवाब न दिया। सब चुप्पी साध गए। वह घड़ी की तरफ देखता रहा। जब पूरे पांच मिनट बीत गए तो उसने अपना बूट पैर में डाल लिया।"

"वह कौन था नासिर?"

"मुझे बिल्कुल मालूम नहीं। मैंने कइयों से पूछा था, पर कोई नहीं जानता कि वह कौन था। शायद अच्छे लोग इसी तरह गुमनाम रहते हैं।"

"अच्छा नासिर! आपके फोन का बहुत-बहुत शुक्रिया। मेरे सिर में सख्त दर्द हो रहा था, पर अब लगता है कि ठीक हो गया है। आपके इस फोन की शायद इस समय मुझे बड़ी ज़रूरत थी। आप कल या परसों किस दिन पा सकेंगे?"

"कल शाम को आ जाऊं? सुबह कुछ निगेटिव मिल जाएंगे। मैं शाम तक कुछ प्रिंट भी निकलवा लूंगा।"

"अच्छा नासिर! कल शाम को।"

कामिनी ने टेलीफोन रखा तो उसका मन भर आया। उसे पिताजी का कोमल मन याद आया, और नासिर का तगड़ा मन याद आया और वह गुमनाम आदमी याद आया। और उसका दिल इन तीनों के लिए शुकराने से भर गया।

## दस

कामिनी अपने दफ्तर से उठने ही लगी थी कि चपरासी ने उसकी कैबिन का दरवाज़ा खोला और बोला, "राजनारायण आपसे मिलने के लिए

आए हैं।" राजनारायण से कामिनी का ज़्यादा परिचय नहीं था। सिर्फ एक-दो कान्फ्रन्सों में उसने उसे एक-दो बार देखा था। कामिनी को वह कुछ बुज़ुर्गाना उमर का एक संजीदा आदमी दिखाई दिया था। कामिनी ने चपरासी से कहा कि उन्हें अन्दर ले आए।

कामिनी ने अदब से एक कुर्सी आगे बढ़ाई और राजनारायण को बैठने के लिए कहा। राजनारायण ने जेब में से रूमाल निकाला और अपनी ऐनक उतारकर उसके शीशों को पोंछने लगा। लगता था कि वह जो बात कहने के लिए आया था उसे कहने में संकोच कर रहा था।

"कहिए।"

"मैं एक अजीब-सी मुश्किल में फंस गया हूं। आप जानती हैं न, राइटरों और जर्नलिस्टों का एक डैलीगेशन बाहर जा रहा है?"

"मैंने सुना है।"

"उसमें हम चाहते हैं कि आप भी चलें।"

"बड़ी मेहरबानी! पर शायद मैं जाना न चाहूं।"

"पर हम चाहते हैं कि आप हमारे साथ चलें...एक 'सिचुएशन' बड़ी 'अनप्लेजेण्ट' हो गई है...एक मीटिंग में एक आदमी ने आपके खिलाफ इतना कुछ कहा कि हमारी पोज़ीशन बड़ी अजीब हो गई है...मैं आज यह कहने के लिए आया हूं कि अगर आप हमारी कमेटी के नाम एक खत लिख दें कि आप इस डैलीगेशन में जाना चाहती हैं, तो खत के सहारे हम आपको ले जाने का फैसला कर लेंगे। मैं आपको यकीन दिलाता हूं कि यह फैसला ज़रूर हो जाएगा...सिर्फ इस खत की ज़रा-सी फार्मेलिटी निभाने की बात है..."

"मैं आपको यकीन दिलाती हूं कि इस डैलीगेशन में मैं नहीं जाना चाहती। अगर मैं कभी विदेश में गई भी तो अकेली जाऊंगी। मुझे किसी

डैलीगेशन के साथ जाना पसन्द नहीं है। और इस खत की बात! इसका सवाल ही पैदा नहीं होता...मेरा ख्याल है कि आपको यह बात नहीं कहनी चाहिए थी।"

"आई रियलाइज इट!" राजनारायण ने कहा। कुछ देर चूप रहने के बाद फिर बोला, "पर आप मेरी पोज़ीशन समझती हैं। मैं कमेटी के अगुओं में से हूं। मैं समझता हूं कि आपको इस डैलीगेशन में जाना चाहिए। पर एक अजीब-सी बात पैदा हो गई है...एक मीटिंग में एक पागल आदमी ने बोलना शुरू कर दिया कि सारा माहौल तलख हो उठा। लगता था कि वह कुछ लोगों को पहले से ही तैयार करके लाया था। उन लोगों ने भी उसकी हां में हां मिलानी शुरू कर दी।"

'आप मुनासिब समझे तो मुझे उसका नाम बता दीजिए। बाकी डैलीगेशन में जाने का तो सवाल ही पैदा नहीं होता।"

"मेरा ख्याल है कि मुझे उसका नाम नहीं बताना चाहिए..."

"मैंने सिर्फ इसलिए पूछा था कि अगर अनजाने में कभी उसके साथ मेरा वास्ता पड़ जाए तो मुझे इसकी जानकारी हो।"

"यस! बीइग ए वुमैन यू हैव टु बी केअरफुल..." उसका नाम जगीरसिंह है। पर उसके साथ उस जैसे कितने ही लोग हैं—बिल्कुल उसी तरह के।"

राजनारायण कुर्सी से उठ खड़ा हुआ और जाने से पहले फिर बोला, "खत की बात में कोई हर्ज नहीं था...एक बार फिर सोच देखिएगा...मेरा ख्याल है कि..."

"सवाल ही पैदा नहीं होता।" कामिनी ने ज़रा दृढ़ आवाज़ में जवाब दिया और उसने मेज़ के दराज बन्द करने शुरू कर दिए।

"अच्छा, मैं चलता हूं।"

"एक मिनट..." कामिनी उठ खड़ी हुई और बोली, "मैं ठीक वही

शब्द सुनना चाहती हूं जो वहां जगीरसिंह ने कहे थे।"

"कामिनी!" राजनारायण ने एक बार हिचकिचाते हुए कामिनी की तरफ देखा और बोला, "मैं अपनी ज़बान से वे लफ्ज़ नहीं कह सकता।"

"यह मेरी रिक्वेस्ट है।"

"पर कामिनी..."

"किसीके मन में कहां तक मैल हो सकती है—मैं यह जानना चाहती हूं।"

"ही हैज़ ए डर्टी माइण्ड।"

"टु वट एक्सटेंट...आई वांट टु नो।"

"वह कह रहा था..."

"आप यह भूल जाइए कि इस बात का मुझसे कोई सम्बन्ध है।"

"सम्बन्ध आपसे है भी कहां कामिनी! सम्बन्ध इसका उसके अपने मन से है। उसने अपने साथ कुछ अपने जैसे ही लोग मिलाए हुए हैं। वे लोग इसके सिवाय कुछ और नहीं सोच सकते...।"

"तो बे झिझक यह बात मुझे सुना दीजिए।"

"वह कह रहा था कि कामिनी बड़ी खतरनाक औरत है। अगर वह डैलीगेशन में गई तो शरीफ आदमियों की बीवियां उन्हें जाने की इजाज़त नहीं देंगी।" राजनारायण ने कहा और फिर जल्दी से, 'प्लीज़ डोण्ट माइण्ड' कहता हुआ कैबिन से बाहर चला गया।

कामिनी दफ्तर से उठकर जब घर पहुंची तो गेट से गुज़रते हुए उसने देखा कि बाग में एक कोने में कुछ कौए जमा थे। घास पर कोई सफेद-सी चीज़ बिखरी पड़ी थी। शायद किसी कागज़ के टुकड़े थे, या किसी कपड़े की कतरनें थीं। कौए उन्हें चोंच में पकड़कर घसीट रहे थे।

कामिनी ने हाथ से कौओं को वहां से उड़ा दिया। उसने सोचा कि आगे बढ़कर उन टुकड़ों को बाहर फेंक दे। कामिनी नज़दीक पहुंची तो उसने देखा कि घास पर सफेद गुलाब की पत्तियां बिखरी हुई थीं। साथ ही झाड़ी में एक सफेद गुलाब का फूल आधे से ज्यादा नोचा पड़ा था और उसकी पत्तियों को कौओं ने नोच-नोचकर घास पर बिखरा दिया था।

## ग्यारह

कामिनी के पिताजी अक्सर उन किताबों का अनुवाद किया करते थे जिनका अनुवाद करने के लिए किसी सरकारी संस्था की तरफ से उन्हें कहा जाता था। ये किताबें पंचवर्षीय या किसी अन्य योजना से सम्बन्धित हुआ करती थीं। पर पिछले दिनों उन्होंने एक बहुत प्यारा फ्रेंच उपन्यास पढ़ा था जिसका अनुवाद वे अपनी ज़बान में करने के लिए बेताब हो उठे थे। 'इतने अच्छे उपन्यास को छापने के लिए कोई प्रकाशक तो मिल ही जाएगा।' उन्होंने सोचा था और किताब का अनुवाद शुरू कर दिया था।

अनुवाद खत्म हो जाने पर कामिनी ने उन्हें बताया कि आज बह अनुवाद की पाण्डुलिपि को एक प्रकाशक के पास ले जाएगी। कामिनी अपने दफ्तर में जाने से पहले उस दिन एक प्रकाशक के पास चली गई। यह प्रकाशक उन दिनों शहर का बहुत बड़ा प्रकाशक समझा जाता था।

"हम इस उपन्यास को छाप देंगे।" प्रकाशक ने कुछ देर मसौदे को देखने के बाद कहा।

"मेहरबानी!"

“मैंने यह उपन्यास अंग्रेज़ी में पढ़ा था। अच्छा उपन्यास है। अनुवाद भी ज़रूर अच्छा होगा। आप मसौदा हमारे पास छोड़ जाइए।”

“कोई कान्ट्रेक्ट?”

“अभी नहीं। कान्ट्रेक्ट की बात बाद में करेंगे।”

“पर इस उपन्यास को आप कब तक छाप सकेंगे?”

प्रकाशक हंस पड़ा। उसने उठकर एक आलमारी को खोला। आलमारी पाण्डुलिपियों से भरी हुई थी...भरी ही नहीं बल्कि लदी हुई थी। “यह देख लीजिए! हमारे पास पहले ही कितनी पाण्डुलिपियां पड़ी हुई हैं।”

“इस तरह तो मेरा ख्याल है बहुत साल लग जाएंगे।”

प्रकाशक एक बार इतना ठठाकर हंसा कि जब उसका ठठाना छत से टकराकर फिर से नीचे गिरा तो कामिनी को लगा कि उसके सिर पर कोई चीज़ आ टूटी थी।

“आपकी किताब तो फिर भी एक अनुवाद है, मेरी आलमारी में तो ऑरिजिनल रचनाएं भरी पड़ी हैं। लेखकों के जज़बातों की लाशें...”

कामिनी ने घबराकर प्रकाशक के चेहरे की तरफ देखा और संभलकर बोली, “इतनी लाशों को कमरे में रखकर आप सारा दिन कमरे में कैसे बैठ सकते हैं?”

प्रकाशक ने हंसकर एक बार कामिनी की तरफ देखा और एक बार मेज पर पड़ी हुई चैक-बुक को देखकर बोला:

“आप इस अनुवाद को छोड़ जाएं। मैं एक सौ रुपये का चैक आपको अभी दे दूंगा।” फिर वह हंसकर अपनी कलम की तरफ देखकर बोला, “यह मेरी कलम एक छुरी है, बड़ी तीखी छुरी। मैं इसके साथ चैक लिखता हूं। इसमें इतनी ताकत है कि यह किसी भी राइटर को ‘मरडर’

कर सकती है।"

कामिनी के माथे की एक नस उभर आई। अपनी उंगलियों से माथे की उभरी हुई नस को दबाते हुए कामिनो ने कहा, "छुरी से कत्ल भी हो सकता है...छुरी से आत्मघात भी किया जा सकता है।" और मसौदा हाथ में लेकर वह कमरे से बाहर आ गई।

कामिनी दफ्तर पहुंची तो उसके मेज़ पर पड़े टेलीफोन की घंटी बज रही थी। कामिनी ने टेलीफोन का रिसीवर उठा लिया।

"हैलो!"

"कामिनी! मैं नासिर बोल रहा हूं।"

"हैलो! नासिर!"

"आपने एक खबर सुनी?"

"क्या?"

"जगीरसिंह ने परसों शाम उर्दू बाज़ार के एक होटल में बैठकर खूब शराब पी। इसके बाद उसने होटल की कई कूर्सियां तोड़ डालीं और होटल में आग लगा दी।"

"पर यह खबर किसी अखबार में तो नहीं छपी!"

"नहीं, अखबार में नहीं छपी, क्योंकि होटलवालों ने बड़ी जल्दी ही आग पर काबू पा लिया था और पुलिस को बुलाकर जगीरसिंह को उसके हवाले कर दिया था। आज मुझे मालूम हुआ है कि पुलिस ने जगीरसिंह को पागलखाने भेज दिया है। रात में कभी उठकर उसने थाने को भी आग लगाने की कोशिश की थी।"

"चार-पांच दिन की बात है नासिर! पिताजी ने रात को हमारे घर के आसपास घूमता हुआ एक आदमी देखा था। पिताजी ने एक दो बार बैटरी जलाई। माली को साथ लेकर एक बार घर का चक्कर भी लगाया। वह आदमी अंधेरे में कहीं खो गया। पिताजी को शक

था कि वह आदमी जगीरसिंह था। पर उन्हें पूरा यकीन नहीं था। अब यह बात सुनकर मुझे लगता है कि वह आदमी ज़रूर जगीरसिंह ही रहा होगा।"

"ज़रूर वही होगा। अगर पिताजी न जागते तो शायद कोई हादसा हो जाता।"

"शायद वह घर को आग लगाने के लिए ही आया हो।"

"पर अब कोई खतरा नहीं। पुलिस ने आज सुबह आगरा भेज दिया है। जब तक वह पागलखाने में है, खतरे की कोई बात नहीं।"

टेलीफोन बन्द करने के बाद कामिनी ने मेज़ के दराज को खोला और कुछ कागज़ बाहर निकालकर मेज़ पर रख लिए। कामिनी के माथे में हल्का-सा दर्द था। उसने चपरासी को बुलाकर दफ्तर की कैण्टीन से चाय का प्याला मंगवाया। चाय का घूंट लेते हुए वह अपने कालम के बारे में सोचने लगी।

कामिनी ने अभी लिखना ही शुरू किया था कि चपरासी ने डाक लाकर कामिनी की मेज़ पर रख दी। डाक में एक लिफाफा बड़े साइज़ का था जिसपर लाल स्याही से 'पर्सनल' लिखा हुआ था।

कामिनी ने हाथ में पकड़ी कलम को एक तरफ रख दिया और उस लिफाफे को खोला। लिफाफे में हाथ से लिखा किसीका कोई खत नहीं था। उसमें एक अखबार की कटिंग थी जिसका शीर्षक था, 'एक औरत: एक शूली'।

कामिनी ने कटिंग पढ़ी। किसी प्रोफेसर चरण सिंह का लिखा था: "हमारी ज़बान का मशहूर शायर जगीरसिंह जिस औरत के इश्क में आज पागल होकर पागलखाने में पड़ा हुआ है, उस औरत को उसपर इतना दर्द भी नहीं आया कि वह अपनी मोटर गें बैठकर उसका हाल ही पूछ आए। पर छत्तीस रंगों के वेश पहननेवाली इस औरत को इस बात

की क्या चिन्ता कि जगीरसिंह के पांच बच्चों को अब कौन रोटी कमाकर खिलाएगा। यह औरत नहीं एक शूली है, जिस शूली पर हमारा एक और शायर कृष्ण सिंह भी ईसा की तरह चढ़ गया। कृष्णसिंह ज़िन्दा शहीद है। वह हमारा ईसा मसीह है। और आज जगीरसिंह ने भी पागल होकर यह साबित कर दिया है कि वह हमारे देश का ऐसा मजनूं है, जो एक लैला के इश्क में...”

कामिनी ने अखबार को एक तरफ फेंक दिया। उसकी रगों में खून का हर कतरा तिलमिलाने लगा था। “ये ज़बर्दस्ती के ईसा मसीह और ये ज़बर्दस्ती के मजनूं...”

और उसे याद आया...जब वह कालेज में पढ़ा करती थी, यह कृष्णसिंह...उसका प्रोफेसर था। एक दिन कालेज के कुछ विद्यार्थी पिकनिक पर गए थे। वहां एक खाई को फांदना पड़ा था, तो कृष्णसिंह ने सारी लड़कियों को बारी-बारी हाथ से थामकर उन्हें खाई फांदने में मदद दी थी। और आखिर में जब उसने कामिनी का हाथ थामकर खाई पार कराई थी तो धीरे से उससे पूछा था कि उसने हार्डी की किताब ‘टैस’ पढ़ी थी या नहीं। कामिनी ने यह किताब पढ़ी थी। इसलिए प्रोफेसर ने उसे बताया कि आज खाई को फांदते हुए उसे लग रहा था कि हार्डी के उपन्यास में जब एंजल कलेअर ने टैस को अपनी पीठ का सहारा देकर नदी पार की थी तो उसके मन में जो कुछ हुआ था, वही आज उसके दिल में भी हो रहा था। कामिनी उस समय चुप हो रही थी, क्योंकि आसपास बहुत-सी लड़कियां थीं, पर उसने फैसला कर लिया था कि वह हमेशा इस प्रोफेसर से दूर रहेगी। फिर एक दिन कालेज में छुट्टी हो जाने के बाद कृष्णसिंह ने कामिनी को कमरे में बुलाकर एक हार उसे दिया था। यह इलायचियों का हार था और कृष्णसिंह ने कहा था कि यह हार उसे जम्मू की उस लड़की ने दिया था जो लड़की उसे प्यार करती थी। पर इस हार

को वह अपने पास नहीं रख सकता था क्योंकि उसे खुद उस लड़की से मुहब्बत नहीं थी।

'पर इस हार को मैं नहीं ले सकती, क्योंकि मैं आपसे प्यार नहीं करती।' कामिनी ने उसे जवाब दिया था।

'मैं जानता हूं तुम्हें मुझसे प्यार नहीं है, लेकिन तुम्हें मैं इस हार को देना चाहता हूं...क्योंकि मैं तुम्हें प्यार करता हूं।'

'इसपर भी मैं यह हार नहीं ले सकती।'

'मैंने जम्मूवाली लड़की से यह हार ले लिया था...बेशक मैं उसे प्यार नहीं करता था। इसी तरह तुम भी इस हार को ले लो... बेशक तुम मुझसे प्यार नहीं करती हो।'

'पर मैं इसे क्या करूंगी?'

'तुम भी यह हार आगे उस आदमी को दे देना, जिसे तुम कभी प्यार करोगी।'

कृष्णसिंह ने अपनी ऐनक उतारकर रूमाल से उसके शीशों को पोंछना शुरू कर दिया था। कामिनी उसी तरह घबराई हुई खड़ी रही थी। फिर कृष्णसिंह ने कामिनी के हाथ से पर्स लेकर हार उसमें डाल दिया था और पर्स कामिनी को लौटा दिया था। कामिनी चुपचाप कमरे से बाहर चली आई थी। इसके बाद कभी कोई बात नहीं हुई थी। कभी-कभी कामिनी ने कुछ लड़कियों को मुस्कराते हुए देखा था। लड़कियां कभी-कभार पीट-पीछे कृष्णसिंह का नाम लेकर मज़ाक भी किया करती थीं जिसे कामिनी ने कई बार सुना था। पर कृष्णसिंह ने उसके बाद उसे कभी कुछ नहीं कहा था, इसलिए कामिनी ने भी इस बात को तूल नहीं दिया।

आज इतने सालों बाद कामिनी ने अखबार में जब कृष्णसिंह के ज़िन्दा शहीद होने की बात पढ़ी तो वह बिल्कुल समझ नहीं पा रही थी कि इस सारी चर्चा का कारण क्या हो सकता था और कौन हो सकता था।

‘खुद कृष्णसिंह को छोड़कर कोई और इसका कारण नहीं है।’ कामिनी ने सोचा और उसे लगा कि इलायचियों के हार में से एक तेज़ बदबू उठने लगी थी। बेशक हार इस समय कहीं पास नहीं था...पर उसकी बदबू सारे शहर में फैली हुई थी।

और कामिनी को आज सुबह का वह प्रकाशक याद हो आया जो अपनी कलम से चैक काटते हुए सोचता था कि उसकी कलम एक छुरी थी जिसके साथ वह किसी भी अदीब को कत्ल कर सकता था। ‘छुरी से कत्ल भी हो सकता है...पर उसी छुरी से आत्मघात भी हो सकता है।’ प्रकाशक से कही हुई कामिनी को अपनी यह बात भी याद हो आई और उसे लगा कि छुरी सिर्फ प्रकाशकों के हाथ में ही नहीं, लेखकों ने भी अपने हाथों में पकड़ रखी है। कलम की जिस छुरी से लेखक बेगुनाह औरतों को कत्ल करते हैं—वास्तव में उस छुरी से उन्हें आत्मघात करना चाहिए।

## बारह

टेलीफोन की घंटी बजी। कामिनी ने जब टेलीफोन का रिसीवर उठाया तो आवाज़ उसकी पहचानी हुई थी। यह कामिनी के उसी गुमनाम वैल-विशर की आवाज़ थी जो कभी-कभी टेलीफोन से कामिनी के खिलाफ चल रही साज़िशों का संकेत दिया करता था, पर जिसने कभी अपना नाम नहीं बताया था।

“मैं कामिनी बोल रही हूं। मैंने आपकी आवाज़ पहबान ली है, पर मैं आपका नाम जानना चाहती हूं।”

“दीदी!”

“आपने मुझे दीदी कहा है! बहुत-बहुत शुक्रिया! पर मैं आपका

नाम जानना चाहती हूं।"

"दीदी! क्या आप ऐसा नहीं मानतीं कि इन्सान से इन्सान का कोई ऐसा मासूम रिश्ता भी हो सकता है जिस रिश्ते का कोई नाम न हो और जिसमें किसीको एक-दूसरे से कोई गरज़ न हो?"

"अगर इस दुनिया में कोई इस जैसा विश्वास दे सके तो मैं विश्वास करना चाहती हूं।"

"मेरे पास आपको देने के लिए और कुछ नहीं, पर यह विश्वास मेरे पास है—यह मैं आपको दे सकता हूं।"

"अच्छा! पर इस विश्वास को एक रहस्य बने रहने की क्या जरूरत है?"

"रहस्य कुछ नहीं, दीदी! कुछ लोग आपके रास्ते पर जानबूझकर कोई पत्थर या कांटा रखते रहते हैं ताकि किसी पत्थर से टकराकर आपका पैर ज़ख्मी हो जाए, या कोई कांटा आपके पैरों में चुभ जाए। मुझे जब कभी मालूम हो जाता है, मैं आपको उसकी सूचना दे देता हूं। इससे ज़्यादा मैं आपकी ज़िन्दगी में कोई दखल नहीं देना चाहता।"

"मैं ऐसे मेहरबान आदमी को देखना चाहती हूं।"

"मेहरबानी जैसे लफ्ज़ से मेरा कोई सम्बन्ध नहीं। पर अगर यह आपका हुक्म ही है तो..."

"हुक्म जैसा शब्द मैंने कभी नहीं सोचा। पर अगर आप मेरे आग्रह को इसी लफ्ज़ की सूरत में देखना चाहते हैं तो यही लफ्ज़ सही। यह मेरा हुक्म ही सही।"

"अच्छा, दीदी! मैं यह हुक्म मान लूंगा। जब आप कहें मैं आपके दफ्तर आ जाऊंगा।"

"आज इतवार है। मैं घर ही हूं। आप यहां आ सकते हैं?"

"मैं आधे घण्टे तक पा सकता हूं।"

"मैं आपकी इन्तज़ार कर रही हूं।"

आनेवाला जब आया कामिनी को उसकी तरफ देखकर महसूस हुआ जैसे उसने उसे पहले भी कहीं देखा हुआ हो। उसकी उमर तीस साल के लगभग होगी। तीस या बत्तीस साल की। उसका रंग ज़रा-सा सांवला था। पर उसके नक्श बहुत तीखे थे। खासकर उसकी आंखों में एक जलती-बुझती रोशनी थी जिसमें ज़िन्दगी की तपिश भी थी और उदासी भी।

"मेरा नाम हरदेव है।" उसने बताया।

"हरदेव!" कामिनी ने इस लफ्ज़ को दुहराया। इस लफ्ज़ से उसे कुछ याद न आया। इसपर भी कामिनी को लगा कि उसने इस हरदेव को कहीं देखा था।

सर्दियों की ठंडक झीनी पड़ गई थी, इसलिए धूप अधिक नहीं सुहाती थी। कामिनी ने धूप में पड़ी हुई बेंत की कुर्सियों को छाया में रखा और हरदेव को बैठने के लिए कहकर पूछा, "मैंने पहले भी आपको कहीं देखा है। पर याद नहीं आ रहा..."

"शायद स्टेशन पर देखा हो।"

"स्टेशन पर?"

"एक बार आप औरतों के एक डैलीगेशन को स्टेशन पर लेने गई थीं...एक बार और आप किसी विदेशी राइटर को स्टेशन पर छोड़ने गई थीं। मैंने आपको वहां प्लेटफार्म पर देखा था। आपने भी शायद वहीं मुझे देखा हो।"

"मुझे याद आ गया है। मैंने एक बार नहीं दो-तीन बार आपको प्लेटफार्म पर देखा था। मैंने तब यह भी सोचा था कि मैं जब भी स्टेशन पर आती हूं, यह आदमी हमेशा यहां होता है और शायद अक्सर सफर

करता है।"

"मैं सफर नहीं करता...वैसे ही...।"

"क्या मतलब?"

"यूं ही कई बार स्टेशन पर चला जाता हूं। मैंने कहीं जाना नहीं होता। बुक-स्टाल पर खड़ा होकर किताबें देखता हूं। एक-आध खरीद भी लेता हूं। आती हुई गाड़ियों को देखता हूं..."

"सिर्फ गाड़ियों को देखने के लिए आप वहां..."

"आप इसे मेरा पागलपन समझेंगी। पर दीदी...जब लोग इस शहर से जाते हैं—मुझे ऐसा लगता है जैसे मेरा अपना भी कोई इस शहर से जा रहा हो, और जब लोग इस शहर में आते हैं, मुझे लगता है जैसे मेरा भी कोई इस शहर में आया हो।"

"यह शहर..."कामिनी ने कहा, पर इसके आगे उसे शब्द नहीं मिल रहे थे।

"इस शहर में मेरा कोई भी नहीं, पर इस शहर में जितने भी लोग रहते हैं, वे सब मेरे हैं।"

एक ठंडा-सा कम्पन कामिनी के बदन में उतर गया। कामिनी ने अपनी कुर्सी खींचकर धूप में कर ली।

"क्यों दीदी! हर इन्सान के दिल में एक कोलम्बस नहीं होता?"

"कोलम्बस?"

"कोलम्बस ने इस दुनिया में धरती के कुछ खंड पहली बार तलाश किए थे। हर किसी में तो नहीं, पर कुछ लोगों में हमेशा एक कोलम्बस होता है जो कि मन की विशाल दुनिया में धरती के नये-नये खंडों की तलाश करता रहता है।"

"हां।"

"आदमी का मन जाने क्या होता है, विशाल धरती भी होता है,

विशाल समुन्दर भी होता है और एक गहरी खान भी।"

"पर कई बार इसमें से जो कुछ मिलता है..."

"कई दिलों में मिलने के लिए होता ही कुछ नहीं। दो कदम चलो और ज़मीन खत्म हो जाती है। एक गोता लगाओ तो मालूम होता है कि यह समुन्दर नहीं, एक छोटा-सा तालाब है। खानों में से भी हमेशा सोना ही नहीं निकलता—मिट्टी और रेत निकलती है...।"

"आप कभी नज़्म भी लिखते हैं?"

"नहीं।"

कामिनी हंस पड़ी और बोली, "आपको देखकर यह ख्याल आता है कि कुछ लोग ऐसे शायर भी होते हैं जो कभी नज़्म नहीं लिखते।"

हरदेव भी हंस पड़ा, पर उसकी हंसी ऐसी थी जैसे वह उसके होंठों को बिल्कुल न छुई हो।

"मैं लिखता कभी नहीं, पर जब कभी कोई बहुत अच्छी नज़्म पढ़ता हूं या बहुत अच्छी कहानी, तो मुझे लगता है कि मैं इस लिखनेवाले में कहीं शामिल हूं।"

हरदेव की बात सुनकर कामिनी ने संजीदगी से हरदेव की तरफ देखा और पूछा:

"आपको कैसी नज़्में पसन्द हैं? कैसी कहानियां? किन-किन लोगों की?"

"मैंने एक डायरी बनाई हुई है। जिसमें कई बार कई पंक्तियां लिखकर रख लेता हूं...जहां कहीं भी कोई पंक्ति अच्छी लगती है... किताबों को मैं हर जगह अपने साथ नहीं ले जा सकता, पर यह डायरी हर समय मेरे साथ होती है...इस तरह दुनिया की कई किताबें हर समय मेरे साथ होती हैं...मैं प्रेस ब्रांच में काम करता हूं। वहां किताबों

से तो नहीं, अखबारों से बहुत वास्ता पड़ता है। उनमें भी कभी-कभी कुछ मिलता रहता है।"

"मैं कभी आपकी यह डायरी देख सकती हूं?"

"जब कभी आपका मन हो देख लेना...इसमें मेरा व्यक्तिगत कुछ ऐसा नहीं जिससे मुझे संकोच हो...ये पंक्तियां कई लोगों ने कहीं न कहीं पढ़ी होंगी...आपने भी इनमें से कई पंक्तियों को पढ़ा होगा।"

"पर अब जब आपकी डायरी में लिखी हुई पढ़ूंगी तो मुझे यह बात भी याद आती रहेगी कि आपने कहा था, 'मैं जब कभी कोई बड़ी अच्छी नज़्म पढ़ता हूं, या बड़ी अच्छी कहानी, तो मुझे लगता है कि मैं इसको लिखनेवाले में कहीं शामिल हैं।"

"पर दीदी! यह बात ठीक नहीं कि हमें सिर्फ वही नज़्में और वही कहानियां अच्छी लगती हैं जिनके ख्यालों और जिनके पात्रों में हम अपने को पहचानने की कोशिश करते हैं...अपनी आइडेंटीफिकेशन।"

"बड़ी ठीक बात है! इसीलिए मैं आपकी डायरी पढ़ूंगी, और जिन पंक्तियों में से आपकी अपनी पहचान आती है उन्हें पढ़कर आपको पहचानूंगी।"

"मेहरबानी।"

"मेहरबानी? पर आज आपने टेलीफोन करते हुए बताया था कि मेहरबानी जैसे लफ्ज़ के साथ आपका कोई सम्बन्ध नहीं है?"

"मेरा कोई सम्बन्ध नहीं। पर आपका तो हो सकता है।"

"मेरा ही क्यों?"

"क्योंकि आपने मेरी डायरी को पढ़ना चाहा है, मुझे जानना चाहा है। नहीं तो ज़िन्दगी इसी बात को तरसते गुज़र जाती है कि जिन्हें हम अपना कुछ दिखाना चाहते हैं, वे कभी भूलकर भी उसे देखने की या जानने की कोशिश नहीं करते। फिर जब आप जैसा कोई राह चलते

देखने की कोशिश करे तो क्या यह उसकी मेहरबानी नहीं? जबकि वे लोग चुपचाप दूर चले जाते हैं जिन्हें वास्तव में हमेशा पास खड़े रहना चाहिए था।"

अकेलेपन के अहसास का एक ठण्डा-सा कम्पन कामिनी के बदन से गुज़र गया। उसने कन्धों पर ओढ़ी हुई गर्म चादर को ज़रा-सा कसकर अपने गिर्द लपेट लिया और धीरे से बोली:

"वह कोई कैसा होगा, जो चुपचाप दूर चला गया?"

"होगा तो अच्छा ही जोकि अब तक याद आता है।"

"और जो कभी शिकवा करने की भी इजाज़त नहीं देता।"

"मालूम नहीं किसीमें क्या होता है। शिकवा भी ज़बान पर नहीं आता। वैसे वह तो इजाज़त देने या न देने से भी बेगाना हो गया होता है।"

"पर क्या यह सब कुछ उसीमें होता है? उस किसी दूसरे में? यह सब अपनी नज़र में नहीं होता?"

"नहीं दीदी! महज़ नज़र में ही होता तो यह नज़र उस किसीके सिवा कभी किसी और को भी देख सकती, भटक सकती। पर उस किसीमें कितनी ताकत होगी कि नज़र को कुछ देखने का ख्याल ही नहीं आता।"

कामिनी कुछ कहने चली थी, पर उसने कुछ न कहा। कुछ देर बाद उसने पूछा:

"अच्छा! तो आप आज टेलीफोन पर मुझे क्या बताना चाहते थे?"

"मैंने यह कहना था कि आपके पास नासिर साहब की या किसी और की कुछ चिट्ठियां पड़ी हों तो उन्हें संभालकर रखना।"

"क्या मतलब?"

‘शहर में कुछ ऐसे लोग हैं...जगीरसिंह का तो आपको मालूम ही है...”

“पर जगीरसिंह तो सुना है आजकल...”

“आजकल वह आगरे के पागलखाने में है। पर इस शहर में कई और भी जगीरसिंह हैं...जगीरसिंह के सारे दोस्त उसी जैसे हैं।”

“आपको यह सब कैसे पता चल जाता है?”

“मैं कभी जगीरसिंह के दोस्तों में से था। तब मैं उसके असली रूप से वाकिफ नहीं था। वह नज़्में लिखता था, जिसकी वजह से मैं उसका दोस्त बन गया था। दोस्त क्या, वाकिफ कहिए। भ्रम में कदर बनी थी। भ्रम टूट गया, कदर भी जाती रही...वह कई बार गुरुद्वारे ले जाकर अपने दोस्तों को कसमें खिलाया करता था कि वह जो कुछ करेगा उसके दोस्त उसमें उसका साथ निभाएंगे। एक बार मुझे भी उसने यह कसम दिलानी चाही थी...पर मैं उसके काबू नहीं आया। उन सबका यही धन्धा है।”

“यह चिट्ठियों की क्या बात है?”

“वे आपके खिलाफ कुछ लिखना चाहते हैं, लिख भी रहे हैं। पर उनके पास लिखने के लिए कोई ठोस बात नहीं है। वैसे किसी औरत के खिलाफ लिखना बड़ा आसान होता है। अगर लिखनेवाले के पास ज़मीर न हो तो न सच्चाई की ज़रूरत होती है न सबूत की...हमारे देश की सड़कों से इतनी मिट्टी उड़कर कपड़ों पर नहीं पड़ती जितनी तोहमतें उड़कर औरत के साथ आ चिपकती हैं। पर जगीरसिंह के साथियों ने, आजकल सोच रखा है कि नासिर साहब या किसी और की चिट्ठियां आपको ज़रूर आती होंगी। वे चिट्ठियां किसी तरह आपके घर से चोरी की जाएं।”

“मेरे घर से चोरी की जाएं?”

"आपने पिछले दिनों एक लड़की रोटी बनाने के लिए रखी थी?"

"हां...रखी थी। वह लड़की..."

"मुझे पहले मालूम नहीं हो सका था, नहीं तो मैं आपको पहले ही बता देता। वह लड़की जगीरसिंह के एक दोस्त ने भिजवाई थी।"

"वह लड़की...पर वह तो कहती थी..."

"वह जो कुछ भी कहती रही हो, दीदी! उसे सब कुछ सिखाकर भेजा गया था। उसने आपसे कहा होगा कि पाकिस्तान के बंटवारे के दिनों उसके मां-बाप उससे बिछुड़ गए थे।...वह एक अच्छे घर की लड़की थी...पर अब उसे इतनी छोटी नौकरी करने की ज़रूरत पड़ रही थी।"

"मैंने रोटी बनाने के लिए कभी कोई नौकर नहीं रखा। पर उस लड़की को जब मैंने रोते हुए देखा तो मुझे उससे हमदर्दी हो आई... वह मुझे इतना प्यार करने लगी थी, जैसे मैं उसकी मां या बहन होऊं।"

"वह आपकी आलमारी या बक्सों में से सिर्फ चिट्ठियों की तलाश करने आई थी और यह देखने आई थी कि नासिर साहब आपको कितनी दफा मिलने पाते हैं।"

"माई गॉड! एक-दो बार..."

"आप कुछ कहने चली थीं।"

"एक-दो बार मुझे शक पड़ा था कि मेरी अलमारी की कई चीज़ें अपनी जगह से हिली हुई थीं...एक बार मेरी मेज़ के खानों में भी कुछ कागज़ इधर-उधर पड़े हुए थे...पर मैंने शक नहीं किया था..."

"मुझे मालूम हुआ कि उसे कुछ नहीं मिला था। फिर उसने आपकी

नौकरी छोड़ दी थी इस बहाने कि उसका चाचा उसे नौकरी करने देना नहीं चाहता।"

"हां, उसने यही कहा था।"

"आगे से किसीको बिना जान-पहचान के घर में नहीं रखिएगा।"

"पर वह लड़की...उसका चेहरा बड़ा ही भोला दिखता था...उसका गोल-सा चेहरा...जब मैं लिखती होती, वह झट मेरे लिए चाय बनाकर ले आती थी मुझे कभी कहने की भी ज़रूरत नहीं पड़ती थी। जब मैं थकी होती वह मेरे मना करने पर भी मेरे पांवों को दबाने बैठ जाती थी... किसीका चेहरा इतना..."

"डिसेप्टिव फेस!"

"मैं सोच भी नहीं सकती कि वह लड़की...सत्रह-अठारह साल की वह लड़की..."

"मैंने नासिर साहब को दूर से ही देखा है। बहुत ही अच्छे इन्सान दिखते हैं। आपके दोस्त हैं, इसलिए ज़रूर अच्छे होंगे। वे अगर आपको चिट्ठी भी लिखें तो वह एक नज़्म की तरह खूबसूरत होगी। पर ये जो लोग हैं...इनका किसी खूबसूरती से कोई ताल्लुक नहीं होता। इसलिए आप अपने खतों को संभालकर रखिएगा। मुझे बस इतना ही कहना था..."

हरदेव के हाथ में कपड़े का एक छोटा-सा थैला था। उसने उसे खोला और एक डायरी निकालकर कामिनी को दे दी। "आप इस डायरी को पढ़ना चाहती थीं।"

कामिनी ने डायरी को ले लिया। हरदेव के चले जाने पर कामिनी ने हाथ में पकड़ी हुई डायरी को खोला। जो भी पृष्ठ सामने खुल आया वह उसे पढ़ने लगी।

डायरी पढ़ते-पढ़ते कामिनी ने अपने मन में एक तरह की

घुमड़न महसूस की, "कोई इन्सान के किस चेहरे की तरफ देखे! एक तरफ उस लड़की का चेहरा जो महज़ झूठ था और उसके पीछे जगीरसिंह जैसे लोगों की कतार...और एक तरफ इस हरदेव का चेहरा जो निरा सच है...कोई देखे तो इन्सान के किस चेहरे की और देखे..."

## तेरह

टेलीफोन की घण्टी बजी। कामिनी ने रिसीवर उठाया।

"हैलो!"

"कुड आई स्पीक टु मिस कामिनी?"

"स्पीकिंग।"

"कामिनी! मैं मिसेज़ तनवीर बोल रही हूं।"

"मिसेज़ तनवीर?"

"एक बार आप मेरे पास आई थीं—मेरा इंटरव्यू लेने के लिए। पिछले साल की बात है। शायद आपको..."

"आप मिस्टर तनवीर नेवी आफिसर की बीवी..."

"हां, कामिनी!"

"जी, कहिए!"

"क्या आप आज मेरे पास आ सकती हैं? मैं आजकल हस्पताल में हूं।"

"मैं आ जाऊंगी।"

"कमरा नम्बर बाईस।"

"कमरा नम्बर बाईस...मैंने नोट कर लिया है।"

"पर आप एक घण्टे के अन्दर-अन्दर आइएगा...उसके बाद मुझे मिलने के लिए घर के लोग आ जाएंगे।"

"मैं आधे घण्टे में पहुंच जाऊंगी।"

कामिनी ने टेलीफोन बन्द किया और कुर्सी से उठ खड़ी हुई। मेज़ के खाने से नोटबुक निकालकर उसने अपने बटुए में रख ली।

कामिनी जब हस्पताल के कमरा नंबर बाईस में पहुंची तो मिसेज़ तनवीर को देखकर चकित रह गई। मिसेज़ तनवीर इतनी पीली और कमज़ोर पड़ गई थी कि कामिनी अगर उसे अचानक हस्पताल के बाहर देखती तो शायद कुछ पहचान भी न सकती।

"आप कब से बीमार हैं?"

"हस्पताल में सिर्फ एक महीने से हूं। बीमार बहुत दिनों से हुं।"

"जिस खूबसूरत मिसेज़ तनवीर को मैंने पिछले साल देखा था..."

"मुझे कैंसर है, कामिनी! पर इस समय मैं अपनी बीमारी की बातें नहीं करूंगी। यह बातें करने के लिए और बहुत-से लोग हैं...मेरा ख्याल है कि औरत अपनी ज़िन्दगी में अपनी सबसे निजी बातें अगर किसीके साथ करना चाहती है तो सिर्फ किसी मर्द के साथ। पर कभी-कभी यह एक्सैपटिड रूल बदल जाता है।"

"जब कोई औरत...औरत को समझने के काबिल हो..."

"पिछले साल मेरे खाविंद पर जब केस चला था...बहुत से लोगों से मेरा वास्ता पड़ा था। बहुत-से अखबारों वाले मेरे पास आए थे। ज़्यादातर मर्द थे...कुछ औरतें भी थीं। उन दिनों मेरे दिल की हालत से किसीको कोई वास्ता नहीं था...न किसी मर्द को, न किसी औरत को। सब एक तमाशा देख रहे थे। सबों की नज़र में मैं एक खूबसूरत, ऐशपरस्त और बेवफा औरत थी। पर कामिनी! तुम्हारी मुलाकात उस

वक्त मुझे अच्छी लगी थी। तुमने जितने भी सवाल किए थे...मेरे मन की हालत को समझने के लिए किए थे। मेरे लिए एक खामोश हमदर्दी तुम्हारे दिल में थी।"

"आपने ठीक समझा था, मिसेज़ तनवीर!"

"मेरा अपना नाम ऐलिस है। तुम मुझे आज ऐलिस ही कहकर बुलाओ। मैं तुम्हारी इजाज़त लिए बगैर ही कामिनी कहने लगी हूं।"

"अच्छा, ऐलिस!"

"कामिनी! तुम एक अखबार की कालमिस्ट हो।"

"हां।"

"पर एक कालमिस्ट के सिवा तुम कुछ और भी होगी।"

"मैं समझी नहीं!"

"अपनी मां के लिए या अपने पिता के लिए तुम सिर्फ एक बेटी होगी। अपनी बहन के लिए या भाई के लिए सिर्फ एक बहन... और जिस मर्द को प्यार करती हो, उसके लिए सिर्फ एक औरत..."

'हां, ऐलिस!"

"मैं इस देश में एक परदेसी औरत हूं। मेरा कोई दोस्त नहीं। क्या तुम मेरी दोस्त बन सकती हो?"

"हां, ऐलिस! अगर तुम्हें मेरी दोस्ती की ज़रूरत हो।"

"पर यह बात तुम्हें भूल जानी पड़ेगी कि तुम एक अखबार की..."

"मैं और कुछ बाद में हूं, ऐलिस! सबसे पहले एक इन्सान हूं।"

ऐलिस ने कामिनी का हाथ पकड़कर अपने होंठों पर रख लिया और धीरे से बोली:

मैं बहुत दिन नहीं जिऊंगी। मरने से पहले दिल में एक अजीब पेचकश उठ खड़ी हुई है। इन्सान कितना भी डिपलोमेट हो, फिर भी

उसके अन्दर कहीं वह चीज़ ज़िन्दा रहती है जिसका किसी डिपलोमेसी से कोई वास्ता नहीं होता...कोई चीज़ बिलखती रहती है..."

"ऐलिस!"

"कामिनी! मेरे बदन पर हाथ रखकर मेरी कसम खाओ, एक बदनसीब औरत की कसम खाओ...कि तुम कभी कोई बात अखबार में नहीं लिखोगी।"

"नहीं लिखूंगी, ऐलिस।"

"तुमसे बातें करने को दिल चाहता है...पर ऐसे जैसे कोई किसी पादरी से बातें करता है।"

"ऐलिस! मैं तुम्हारे विश्वास को साबुत रखूंगी।"

"मैं...मैंने तनवीर को प्यार किया था...उसको छोड़कर मैंने कभी किसीसे प्यार नहीं किया..."

"हां ऐलिस! मिस्टर लालवाली बात मैं समझ सकती हैं... प्यार के बिना भी वह बात घटित हो सकती है।"

"नहीं कामिनी! कभी कुछ घटित नहीं हुआ था। मैंने अखबारों में जो बयान दिया था कि जब मेरा खाविंद परदेस गया हुआ था तब उसके पीछे मिस्टर लाल से मेरे सम्बन्ध जुड़ गए थे। और वापस आकर जब मिस्टर तनवीर को यह बात मालूम हुई तो उसने गुस्से में आकर मिस्टर लाल को गोली मार दी यह सब झूठ था।"

"यह सब झूठ था, ऐलिस?"

"सब झूठ था।"

"पर तुमपर यह इलज़ाम..."

"अपने ऊपर इलज़ाम मैंने खुद लिया था, कामिनी, क्योंकि मिस्टर तनवीर को अगर किसी तरह बचाया जा सकता था तो सिर्फ इसी तरह। और तुमने देखा कि मैंने उसे बचा भी लिया। सिर्फ उसे ही नहीं—

बहुत-से लोगों को बचाया है। सिर्फ लोगों को ही नहीं, कामिनी! मैंने देश के नाम को बचाया है।"

"ऐलिसी! मैं कुछ नहीं समझी!"

"यह एक इतनी बड़ी साज़िश थी कि इसे किसीने भी नहीं समझा। आज तक कोई नहीं समझ सका। इसमें एक तनवीर ही नहीं शामिल था, इसमें 'नेवी' के कितने ही बड़े आफिसर शामिल थे। तुम्ही बताओ, एक औरत की इज्ज़त बड़ी होती है या एक देश की?"

"ऐलिसी! यह कैसा केस था?"

"स्मगलिंग का..."

"पर यह..."

"जो असली केस था—उसका किसीको पता नहीं। सब सिर्फ यही जानते हैं कि यह एक औरत की बेवफाई का केस था। मिस्टर तनवीर और कुछ दूसरे आफिसर आपस में मिलकर बाहर से माल लाते थे। नेवी के जहाज़ों को बन्दरगाहों पर रोका नहीं जाता जिससे माल बड़ी आसानी से पहुंच जाता था। मिस्टर लाल उस माल का व्यापारी था। सबका हिस्सा एक जैसा था। पर कुछ अर्से से मिस्टर लाल ने नेवी के आफिसरों का हिस्सा अदा नहीं किया था जिसकी वजह से गुस्से में आकर तनवीर ने उसे गोली मार दी...अगर इस बात को हवा लग जाती तो कितने लोगों की तबाही होती!"

"ऐलिसी!"

"मेरी जगह कोई हिंदोस्तानी औरत होती तो शायद इतनी बदनामी को न सहार सकती...बाहर से मैं हमेशा हंसती रही हूं, सहती रही हूं; पर अन्दर में कहीं शायद मैं भी नहीं सह सकी। दुनिया की कोई ऐसी लानत नहीं रही जिसे मैंने न सुना हो। कई महीने हो चले हैं सुनते हुए। वही दर्द शायद कैंसर बन गया है। अब शायद पागलपन

बनने लगा है...आज तुम्हें बुलाकर मैं यह सब जो बता रही हूं... यह शायद पागलपन का ही दौरा है... कामिनी! एक मेरी बहन थी, मुझसे छोटी, उसका नाम क्लेयर था। वह अपनी जवानी में ही चल बसी थी...तुम्हारी सूरत उससे मिलती-जुलती है। तुम जब पिछले साल मेरे पास आई थीं तो मैं कितनी ही देर तुम्हारे चेहरे की ओर देखती रही थी। तुम्हें देखते हुए मुझे क्लेयर का ख्याल आता रहा था!...मैं शायद इसीलिए तुमसे बातें किए जा रही हूं...तुम मेरी बात कभी भी..."

"तुम्हारा रहस्य तुम्हारी अमानत है, ऐलिसी!"

"मेरे अन्दर कुछ दिनों से एफ 'कम्पलशन' थी, एक बेबसी।"

"ऐलिसी!"

"शायद जब लोग किसी बात को कनफेस करते हैं तो उनके अन्दर इस जैसी कम्पलशन होती है...कामिनी!"

"हां, ऐलिसी!"

"अच्छा-भला दिल था, पर इस हादसे ने इसे धोकर डाल दिया तो जैसे यह सिकुड़कर रह गया। इतना सिकुड़ गया कि तन उसके माप में नहीं आता। तन इतना बड़ा हो गया महसूस होता है कि मन के गिर्द पड़ा हुआ लटकता-सा लगता है..."

"ओ मेरी ऐलिसी!"

कामिनी ने पलंग के पास से उठकर ऐलिसी का माथा चूम लिया।

"तुमने वह कहानी पढ़ी है कामिनी, स्टीफन ज़्विग की कहानी? एक बदनसीब औरत किसीसे प्यार करती थी। पर जिसे वह प्यार करती थी, उसकी ज़िन्दगी में रोज़ एक लड़की आती थी और चली जाती थी। किसी लड़की की याद उसकी ज़िन्दगी में नहीं टिकती थी। इसलिए वह

औरत उसे कभी भी न बता सकी कि वह उसे प्यार करती थी। वह भी एक बार एक रात के लिए उसकी मेहमान बनी और उसकी ज़िन्दगी से चली गई। उसके बच्चे को उसने अपनी कोख में पा लिया, पर उसे कभी न बताया कि वह उसके बच्चे की मां थी। बच्चा जब पांच साल का होकर मर गया तो उसके जीने का बहाना भी जाता रहा। उसने उस रात उस बच्चे की लाश के पास बैठकर उस आदमी को एक खत लिखा और खत को डाक में छोड़कर वह खुद भी मर गई।...कोई औरत वैसे कभी झूठ बोल सकती है पर अपने बच्चे की लाश के पास बैठकर झूठ नहीं बोल सकती...मैं भी अपने मन की लाश के पास बैठकर अपनी कहानी तुम्हें बता रही हूं। यह कहानी मैं तुम्हें नहीं बता रही कामिनी, खुदा को बता रही हूं। पर खुदा के वे कान किसीको दिखाई नहीं देते, जिन कानों को कोई अपनी बात सुना सके। इसलिए किसी इन्सान के कान खोजने पड़ते हैं।"

"ओ मेरी ऐलिसी!"

"मैं कितने ही दिनों से अपने दिल में अपनी बहन को याद करती रही हूं...अपनी क्लेयर को।...क्लेयर को अपनी जवानी के दिनों में एक मर्द के प्यार से इतनी निराशा हुई थी कि वह सब कुछ छोड़कर कान्वेन्ट में चली गई थी। नन बन गई थी। अगर वह ज़िन्दा होती..."

"मैं तुम्हारी क्लेयर हूं...ऐलिसी! तुम्हारी अपनी क्लेयर...।"

"अगर मैं ज़िन्दा रही तो उसी कान्वेन्ट में चली जाऊंगी, जहां क्लेयर रहा करती थी...अगर मर गई तो..."

"मरना भी कोई हल नहीं ऐलिसी! और सब कुछ त्यागकर किसी कान्वेन्ट में चले जाना भी हल नहीं है।"

"किसी तरफ भी कोई हल नहीं है कामिनी! पर मुझे लगता है कि

यह दुनिया सिर्फ दो हिस्सों में बंटी हुई है—एक त्याग की दुनिया है और एक धोखे की दुनिया है। जितनी देर किसीमें हिम्मत होती है वह धोखा दिए जाता है और धोखा खाए जाता है। जब हिम्मत चुक जाती है तो वह सब कुछ त्यागकर एक तरफ हटकर खड़ा हो जाता है। मिलता उस तरफ भी कुछ नहीं और इस तरफ भी कुछ नहीं।"

"मैं फिर कभी तुम्हारे पास आ सकती हूं ऐलिसी! कभी जब तुम चाहो।"

"मैं कल यहां से चली जाऊंगी कामिनी। मैं इंगलैंड अपनी मां के पास जा रही हूं।"

"मिस्टर तनवीर को छोड़कर?"

"ऐसी बात कोई नहीं सोची...अभी तो इलाज के लिए जा रही हूं, आपरेशन के लिए। वैसे मैं कह नहीं सकती कि फिर से लौटकर आऊंगी या नहीं...अगर कभी आई...कामिनी!, समय हो गया है। मिस्टर तनवीर आनेवाले होंगे।"

"अच्छा ऐलिसी! मैं जाती हूं...पर यह सारा कुछ...दुनिया-भर का झूठ अखबारों की सुर्ख़ियां बनता रहेगा...और सच्चाई हस्पताल की चारपाई पर बैठकर डाक्टरों के चेहरों की तरफ देखती रहेगी..."

कामिनी की आंखें इतनी भर आईं कि वह जल्दी से ऐलिसी का हाथ चूमकर उसके कमरे से बाहर चली गई।

## चौदह

रात का पहला पहर बीत चुका था। कामिनी के कमरे की बत्ती जल रही थी। कामिनी के पिताजी ने उसके दरवाजे को धीरे से हिलाया।

"कामिनी बेटा!"

"जी, पिताजी!"

"अभी सोई नहीं?"

"नहीं, पिताजी!"

"अभी तक लिख रही हो?"

"नहीं, पिताजी! कुछ नहीं लिख रही हूं।"

पिताजी ने हाथ में ओवलटीन का एक प्याला पकड़ा हुआ था। उस प्याले को कामिनी को देते हुए उन्होंने बताया कि वह भी अब तक कुछ पढ़ते रहे हैं। उन्हें नींद नहीं आई थी जिससे उठकर उन्होंने ओवलटीन के दो प्याले बना लिए थे।

"आज मैंने कुछ नहीं लिखा, पिताजी। पढ़ा भी कुछ नहीं। समझ नहीं आता कि क्या लिखूं। आज मेरी सोच और मेरी कलम में जैसे कुछ अंट गया है।" कामिनी ने प्याले में से ओवलटीन का एक गर्म घूंट लिया और धीरे से बोली।

"क्या बात है बेटा?"

"यह सारा कुछ...आसपास का सब...सारा फैलाव जैसे झूठ हो...मैं समझ नहीं पा रही हूं कि मैं क्यों लिखती हूं, किसके लिए लिखती हूं। और क्या सच कभी लिखा जा सकता है? बतलाया जा सकता है? समझा जा सकता है?"

"निराशा! आदमी की जात से निराशा!"

"पिताजी!"

"तुमने ज़ोला को पढ़ा है? ठहरो। मैंने कहीं नोटबुक में उसकी कुछ पंक्तियां लिख रखी हैं। तुम्हें लाकर सुनाता हूं।"

पिताजी अपने कमरे में जाकर नोटबुक ले आए और कामिनी के पास बैठकर उसके पन्ने उलटने लगे।

"तुम जानती हो कि जोला अपने समय का कितना बड़ा लेखक था। उसने उन लोगों के दुःखों को लिखा जो अपने हालात के जबड़ों में पिस जाते थे, पर कुछ कर नहीं सकते थे। पर निराशा के चारों कोनों को ढूंढ़कर ज़ोला आखिर उस जगह पर पहुंच गया था जहां वह लिख सकता था। आज की हकीकत को देखते हुए और कौंचते हुए एक नज़र आनेवाले कल को भी देखना चाहिए। आनेवाले कल के सम्भावित विकास को।"

"पर कोई कल, कभी नहीं आता। जो कुछ ज़ोला के दिनों में था, वही आज। जो भी 'कल' आज बन जाता है, वह उसी आज जैसा होता है, जो 'आज' जोला के दिनों में भी था और हमारे समय में भी है। कोई 'कल' कभी नहीं आता, कोई 'परसों' कभी नहीं आती।"

"पर सोचने का रास्ता एक ही है बेटा। बेशक यह रास्ता कितना भी लम्बा हो। यह रास्ता कितना भी आहिस्ता चले और चाहे कहीं भी क्यों न पहुंचाए, यह रास्ता भटकाता नहीं। बाद के सारे रास्ते भटकाव के हैं। मैं तुम्हें ज़ोला के एक आत्मीय दोस्त की कही एक बात सुनाता हूं। उस चिन्तक दोस्त ने कहा है कि ज़ोला ने ये सब चीज़ें लिखी: जागीरदारी के निज़ाम की गिरती हालत, आम लोगों की परेशानियां,और कामगरों का विरोध। उसने कितने ही उपन्यास लिखे, पर बिना किसी इस उम्मीद के कि इनका कहीं हल भी हो सकता था। यह सब उसने उस दुःस्वप्न की तरह सोचा जिसकी नींद से कभी कोई जाग नहीं सकता। पर उसका यह सोचना कि यह सब कभी बदला नहीं जा सकता, ताकत भी थी और कमज़ोरी भी। हकीकत की ताकत और हकीकत की कमज़ोरी। पर इस दो-मुखे रास्ते पर खड़े होकर आखिर वह घड़ी आ जाती है कि एक रास्ता अनिवार्य रूप से चुनना

पड़ता है। एक रास्ता इस उम्मीद की तरफ जाता है कि यह ढांचा बदला जा सकला है, और एक रास्ता उस निराशा की तरफ जाता है, जहां पहुंचकर सिर्फ बेबसी का अहसास पहलू में रह जाता है। यही बेबसी कभी 'नियति' को स्वीकार लेने की तरफ ले जाती है, और कभी बे-वास्ता खामोशी की ओर। यह भटकन कभी रहस्यवादी बना देती है और कभी यह 'प्रतिशोध' के भावों को जगा देती है। ज़ोला ने आखिर पहला रास्ता चुन लिया। इस उम्मीद का रास्ता कि यह ढांचा बदला जा सकता है।"

"इस जगह पर आकर शायद सबको खड़े होना पड़ता है।"

"अच्छे-अच्छे इस मोड़ पर आकर भटक जाते हैं।"

"इतनी तलख हकीकतें..."

"हकीकतों को और कोई चीज़ नहीं बदल सकती। सिर्फ उन्हें देखनेवाला दृष्टिकोण ही बदल सकता है।"

"पर सही दृष्टिकोण ही तो किसीके पास नहीं है। अगर गिनती के लोगों के पास हो भी, तो इतने बड़े विस्तार में उनका दृष्टिकोण किस गिनती में है।"

"कामिनी बेटा! हकीकत सिर्फ वही नहीं होती जो गिनी जा सके, तोली जा सके, मापी जा सके। भविष्य का विकास भी अगर अपनी पहुंच में नज़र आता हो, वह भी हकीकत में शुमार होता है। इंसान अभी पूरा इन्सान नहीं बना। कुछ लोग बीस प्रतिशत इन्सान होते हैं, कुछ तीस प्रतिशत, कुछ चालीस प्रतिशत, कुछ पचास प्रतिशत...पर आखिर यह दृष्टिकोण ही उन्हें चालीस प्रतिशत से पचास प्रतिशत तक लाता है, पचास से साठ प्रतिशत तक ...."

"अब तक ऐसे भी कबीले मिलते हैं, मैंने युंग की एक पुस्तक में पढ़ा था कि जिन कबीलों के लोग जानवरों को अपने सगे-संबंधी समझते हैं,

जिन कबीलों की औरतें आज तक कुत्तों, सूअरों और हिरनों को अपने बच्चों की तरह अपना दूध पिलाती हैं। मैंने एक केस पढ़ा था कि एक आदमी ने अपने नवजात बच्चे को मार दिया क्योंकि उसके दो कुत्ते दूध के बिना भूखे थे और बच्चा उनके हिस्से का दूध पीने के लिए आ गया था।"

"आर्थिक हालत का आदमी की उन्नति से बड़ा सम्बन्ध होता है, बेटा!"

"पर आर्थिक उन्नति से मनुष्य की उन्नति कैसी हुई है? आर्थिक स्थिति बुरी हो तो मनुष्य मूर्ख होता है: स्टुपिड! आर्थिक हालत अच्छी हो तो मनुष्य चालाक हो जाता है: विकड!"

"पर यही तो सबसे दिलचस्प बात है बेटा! मनुष्य के पास कुछ होने और बनने की स्वतन्त्रता है। वह कुछ भी बन सकता है। अच्छे से अच्छा, बुरे से बुरा। इन्सानी सिफ्तों के शिखर भी उन्हींमें दिखते हैं और इन्सानी खामियों की खाइयां भी उन्हींमें होती हैं। इसीलिए तो इतनी नाउम्मीदी में भी उम्मीद नाम की चीज़ अभी तक कायम है।"

"पर यह इतनी कम है।"

"इसका एक ही रास्ता है बेटा! अच्छाई को अच्छाई से ज़रब देते चलो। जब भी हो सके, जहां भी हो सके। यह गिनती बड़ी होती चली जाएगी।"

कामिनी की आंखों में प्यार घुमड़ आया, शुक्र भर आया। आज उसे अपना बाप एक साधारण बाप की सूरत में दिखाई नहीं दे रहा था, मनुष्य के आज तक के अर्जित किए हुए ज्ञान का प्रतीक लग रहा था।

"अब मुझे नींद आ जाएगी पिताजी! अब मैं सो जाऊंगी।"

"मैं जाऊं? बत्ती बुझा दूं?"

"एक मिनट इसी तरह मेरे माथे पर हाथ रखे रहिए। उसके बाद बत्ती बुझाकर चले जाइएगा।"

## पन्द्रह

सिर से पैरों तक कामिनी के जिस्म में एक कम्पन उतर गया। सुनील उसके सामने खड़ा था। वह चुपचाप कामिना की तरफ देख रहा था। कामिनी को लगा कि सुनील की आंखें उसके दिल से बिंधकर गुजर रही थीं।

करीब दो मिनट पहले कामिनी के केबिन का दरवाज़ा खोलकर चपरासी ने कहा था कि कोई साहब मिलने आए हैं। कामिनी ने मेज़ पर पड़े हुए कागज़ पर से सिर नहीं उठाया था। कागज पर आंखें गड़ाए लिखते हुए ही सिर के इशारे से चपरासी को उसे अन्दर भेज देने के लिए कह दिया था। कामिनी ने जिस होनी की कई बार कल्पना की थी, पर जो होनी कभी घटित नहीं हुई थी, अब काफी दिनों से कामिनी ने उस होनी की कल्पना भी छोड़ दी थी।

कभी इन्सान की ज़िन्दगी में ऐसा वक्त भी आता है जब उसको या तो यह लगता है कि उसे दुनिया की कोई ज़बान नहीं आती, और या यह लगता है कि उसके मुह में ज़बान ही कोई नहीं। कामिनी ने जब सुनील की तरफ देखा तो उसे महसूस हुआ कि दुनिया की हर ज़बान का हर लफ्ज़ उसको भूल गया था।

"चार बजे हैं, दफ्तर पांच बजे तक रहोगी?" सुनील ने इतनी सादगी से पूछा, जैसे वह कुछ सालों के बाद नहीं कुछ दिनों के बाद कामिनी से मिल रहा हो।

"हां" कामिनी ने इतना ज़बान से नहीं जवाब दिया जितना सिर के

इशारे से।

"अच्छा! मैं पांच बजे आऊंगा! यहां से मेरा होटल बहुत नज़दीक है। एक घण्टे के बाद फिर आ जाऊंगा।" सुनील ने कहा। कामिनी से पूछा कुछ नहीं। सिर्फ कहा और चला गया।

मेज़ के पास खड़ी हुई कामिनी ने अपने कांपते हुए जिस्म को मेज़ का सहारा दिया। समय को रुकते कभी किसीने देखा नहीं, पर कामिनी को लगा कि उसने आज समय को रुकते हुए देखा था और समय के साथ अपने सांस को भी रुकते हुए देखा था।

मालूम नहीं कितनी देर के बाद और क्यों—कामिनी का हाथ टेलीफोन की तरफ बढ़ा। कामिनी ने अपनी स्मृति को कुरेदकर नासिर के टेलीफोन के नम्बर को अपनी सोल में दुहराया। पर फोर सैवन एट...या एट सैवन...या एट फोर।...सारे नम्बर जैसे आंखों के सामने उलट-पुलट गए। कामिनी ने घबराकर आंखें बन्द कर लीं।

कामिनी के दायें हाथ की उंगलियां कुछ देर नंबरों को घुमाती रहीं। उंगलियां शायद कामिनी की स्मृति के इतना बस में नहीं थीं जितना कि एक आदत के बस में। जब दूसरी तरफ घंटी बजी तो नासिर की आवाज़ सुनाई दी।

"मैं कामिनी बोल रही...हूं..."

"हां, कामिनी!"

"माप एक-दो मिनट...यहां मेरे दफ्तर..."

"क्या हा कामिनी?"

"कुछ नहीं।"

"मैं अभी आ रहा हूं...अभी दो मिनट में।"

नासिर का दफ्तर कामिनी के दफ्तर से ज़्यादा दूर नहीं शा। उस दफ्तर की सीढ़ियां उतरने में और तीन इमारतों के बाद इस इमारत की

सीढ़ियां चढ़ने में नासिर को मुश्किल से सात-आठ मिनट लगे होंगे। पर मेज़ के पास खड़ी हुई कामिनी को महसूस हुआ कि वह कई घण्टों या शायद कई दिनों से वहां खड़ी कांप रही थी।

"कामिनी!"

कामिनी ने आंखें झपकीं। नासिर की तरफ देखकर बोली, "आज सुनील यहां आया था।"

"सुनील?"

"शायद एक बार मैंने आपको बताया था कि जिन दिनों मैं कालेज में पढ़ती थी..."

"मुझे मालूम है कामिनी!"

"आज...कुछ देर हुई है।...मालूम नहीं कितनी देर हुई है... अब कितने बजे हैं?"

"साढ़े चार, चार पैंतीस।"

"उसने तब मुझे कहा था कि अब चार बजे हैं। मैं फिर पांच बजे आऊंगा।"

"पर कामिनी..."

"हां।"

"व्हाई आर यू वीपिंग?"

"मैं? नहीं तो..."

नासिर ने एक पल के लिए कामिनी के चेहरे की तरफ देखा और फिर उसने अपनी जेब से रूमाल निकाला। आज पहला दिन था कि नासिर कामिनी के इतना पास आकर खड़ा हो गया। "सारा चेहरा आंसुओं से भीगा हुआ है।" नासिर ने कहा और रूमाल से कामिनी की आंखें पोंछ दीं।

कामिनी को सचमुच मालूम नहीं था कि उसकी आंखों से आंसू बह

रहे थे। उसने अपनी उंगलियों से अपनी आंखों को छुआ और गीली उंगलियों को देखकर वह हैरान रह गई।

"पर इसमें रोने की क्या बात है?"

"पता नहीं......"

"वह अभी पन्द्रह-बीस मिनट में फिर आएगा।"

"उसने मेरे साथ और कोई बात नहीं की थी। सिर्फ इतना कहकर चला गया था कि वह पांच बजे फिर आएगा।"

"यहां दफ्तर में वह क्या बात करता?"

"पांच बजे..."

कामिनी जो कुछ सालों सोचती रही थी—वह कभी हुआ नहीं था। और आज अचानक जो हुआ था, जो होने को था, वह कामिनी की सोच में नहीं आ रहा था। उसने घबराकर नासिर को बुला लिया था। पर अब उसे यह पता नहीं चल रहा था कि वह नासिर को क्या कहना चाहती थी, या उससे क्या पूछना चाहती थी?

कामिनी ने सालों बाद आज सुनील को देखा था। कामिनी बड़ी खुश थी; पर उसे खुशी की पहचान शायद भूल गई थी, इसीलिए वह घबरा गई थी। उसने कसकर नासिर का हाथ पकड़ लिया। इस तरह ही जैसे इम्तहान के कमरे में जाते हुए कोई छोटा-सा बच्चा अपने दोस्त का हाथ पकड़ ले।

"पांच बजे!"

"उसके साथ जाना...उसके साथ बातें करना...आखिर वह इतने सालों बाद..."

"आज मालूम नहीं मुझे क्या हुआ है। एकदम जैसे मैं पन्द्रह-सोलह साल की अल्हड़ लडकी बन गई होऊं।" कामिनी के होंठों पर एक शर्मिन्दा-सी हंसी आकर लौट गई।

"कामिनी! द फेमस कालमिस्ट..." नासिर भी हंस पड़ा।

"मैं अभी ठीक हो जाऊंगी...एकदम जाने क्या हो गया था... आप यहां बैठिए। मैं चाय का प्याला मंगवाती हूं।"

"मेरा ख्याल है मुझे जाना चाहिए...पांच बजने में दस मिनट रहते हैं...दस भी नहीं सिर्फ आठ। वह पाने ही वाला होगा..."

"पर वह अगर आपके रहते आ जाए तो क्या हर्ज़ है?"

"आज नहीं, पहले दिन नहीं। इस तरह शायद उसे कोई गलत-फहमी...!"

"नासिर ने फिकरे को बीच में ही छोड़ दिया और कैबिन से बाहर जाने के लिए मुड़ा। दरवाजे के पास खड़ा होकर उसने एक बार कामिनी की तरफ देखा। "रात में अगर देर हो गई तो सुनील आपको घर छोड़ आएगा। रात में अकेली नहीं जाइएगा। मैं घर ही हूंगा। जरूरत पड़े तो टेलीफोन कर देना," नासिर ने कहा और बाहर चला गया।

जितनी देर नासिर खड़ा रहा था, कामिनी की घबराहट थमी रही थी। उसके जाते ही कामिनी को लगा कि घबराहट फिर उसी तरह शुरू हो गई थी। कामिनी ने चपरासी से चाय मंगवा ली। सुनील आनेवाला था। उसने उसके लिए भी एक प्याला मंगवा लिया। सुनील के आने पर चपरासी ने चाय की ट्रे मेज़ पर लाकर रख दी।

कामिनी ने चाय का प्याला बनाया। सुनील को प्याला देकर वह दूसरा प्याला बनाने लगी। सुनील ने चाय का घूंट लिया। कामिनी ने देखा-सुनील की आंखें उसी तरह चुप थीं, जिस तरह कई साल पहले हुआ करती थीं। उसका चेहरा खूबसूरत था—पर बेलाग, जैसे बीते सालों की कोई लकीर उससे न छुई हो। और अपने होंठों पर सुनील किसी लफ्ज़ को नहीं आने देना चाहता था। इसलिए शायद उसने अपने होंठों में एक सिगरेट रख ली थी। पहली सिगरेट खत्म हो जाने पर उसने

दूसरी लगा ली थी।

"मेरा ख्याल था कि आप यहां फिर कभी नहीं आएंगे।" कामिनी ने बात करने में पहल की।

"मुझे हमेशा मालूम था कि मैं आऊंगा।" सुनील ने कहा और फिर चुपचाप सिगरेट पीने लगा।

सुनील का कहा हुआ फिकरा कामिनी के मन में घुलने लगा। साथ में मन को भी घोलने लगा। कामिनी को लगा कि यह फिकरा या तो बहुत बड़े विश्वास में से कहा जा सकता था, या वर्षों की जवाबदेही को टालने के लिए कहा जा सकता था। कामिनी ने एक गहरा सांस लिया।

"चलें?" सुनील ने पूछा।

"कहां?"

"मेरा होटल यहां से बिल्कुल पास है। वहां बैठेगे। फिर जब तुम चाहोगी, मैं घर छोड़ आऊंगा।"

कामिनी बिना कुछ कहे उठकर सुनील के साथ दफ्तर से बाहर आ गई। सुनील ने उसे जिस सादगी से 'तुम' कहा था, वह कामिनी को अच्छा लगा। उसमें कामिनी को वह आत्मीयता दिखाई दी जिसकी वह एक अर्से से तलाश कर रही थी।

सुनील ने होटल की रिसेप्शनिस्ट से कमरे की चाबी ली और दूसरी मंज़िल पर जाकर अपने कमरे को खोला।

"कुछ पिओगी?" सुनील ने पूछा।

"अभी चाय पी है।"

सुनील ने जेब में हाथ डालकर देखा। सिगरेट तो थे पर माचिस नहीं थी। "मैं एक माचिस ले आऊं।" सुनील ने कहा और फिर दरवाज़े से मुड़कर उसने कहा, "यहां हीटर पड़ा है..." उसने हीटर का प्लग लगाया

और कागज़ के एक टुकड़े को हीटर की गरम तार से जला लिया। उस जलते हुए कागज से उसने सिगरेट जला ली।

कामिनी की आंखों में सालों से रुका हुआ दर्द घुमड़ आया। उसका दिल किया कि वह सुनील की छाती पर सिर रखकर रोती चली जाए और उससे पूछे कि सिगरेट को सुलगाने के लिए तो आग कहीं से भी उधार ली जा सकती थी, पर ज़िन्दगी को सुलगाने के लिए आग सिर्फ उसीसे लेनी पड़ती है जिससे किसीको मुहब्बत हो। अगर वही इस आग को चुराकर कहीं ले जाए तो...कामिनी की आंखें भर आईं। वह सुनील से कुछ न कह सकी। उसने सिर झुकाकर अपने आंसू छिपा लिए। कामिनी पलंग के एक पाये पर बैठी हुई थी। सुनील उसके पास आकर खड़ा हो गया। सुनील ने कहा कुछ न, सिर्फ झुककर कामिनी के होंठ चूम लिए।

सालों से संभालकर रखा हुआ और पाला हुआ एक ख्याल कामिनी को इस समय भी आया कि सुनील ने कभी भी उससे बातें नहीं की थीं। आज भी उसने कोई बात नहीं की थी। शायद उसके होंठ ही उसके लफ्ज़ थे...

कामिनी ने देखा कि आज इतने सालों बाद भी उसे कुछ पूछने की ज़रूरत नहीं पड़ी थी। जैसे वह अन्तर्यामी था और जानता था कि कामिनी इतने सालों से उसीकी इन्तज़ार कर रही थी, और उसकी ज़िन्दगी में न कोई दूसरा मर्द आया है न और कोई मुहब्बत। सुनील के होंठों से और इस ख्याल से कामिनी के अंगों में एक कंपन हो आया। 'क्या यह विश्वास इसलिए है कि सुनील ने अपनी ज़िन्दगी में जो भी जगह किसी औरत को देनी है, वह सिर्फ मेरे लिए रखी हुई है, या इसलिए कि सुनील ने अपनी ज़िन्दगी में मुझे कभी कोई जगह नहीं देनी?'

"सुनील!"

'हां।"

"इतने साल...इतने साल आपने कभी मेरा हाल न पूछा," कामिनी का जो संयम आज तक नहीं टूटा था, वह सुनील के हाथ का स्पर्श पाते ही जैसे टूट गया हो। वह सुनील की छाती पर सिर रखकर रोने लगी। "इतने सालों में कुछ भी तो हो सकता था... यह भी तो हो सकता था कि कोई और आदमी मेरी ज़िंदगी में आ जाता..."

सुनील ने कहा कुछ न। उसनें अपनी तली से कामिनी के आंसू पोंछे और उसे अपनी बांहों में कसकर एक बार फिर उसके होंठ चूम लिए।

"मुझे कभी खत क्यों न लिखा?"

"सोचता था यहां आऊंगा। काम इस तरहे पड़ते रहे कि आना न हो सका। फिर पिताजी गुज़र गए..."

"मां कहां है?"

"कल मेरे साथ ही दिल्ली आई है। वह अपनी एक भतीजी के घर पर ठहरी है। मैं यहां होटल में चला आया। वहां जगह कम थी..."

"शादी नहीं की?"

"नहीं।"

"क्यों?"

"दिल नहीं किया।"

कामिनी चुप हो गई। जो भी सवाल उसने किए थे उसे अच्छे न लगे। उसे लगा कि वह जो भी बात पूछ रही थी, दखलअंदाजी कर रही थी।

"अंधेरा हो गया है। मैं चलूं।" कुछ देर बाद कामिनी ने कहा।

"चलो, मैं तुम्हें छोड़ आऊं।" सुनील ने कहा और उठ खड़ा हुआ।

रास्ते में सुनील ने सिर्फ इतना बताया कि वह दो दिन और यहां रहेगा और सुबह ही कामिनी को टेलीफोन करेगा। घर के पास पहुंचकर कामिनी ने सुनील को अन्दर आने के लिए कहा। पर सुनील ने कहा—"आज नहीं...कल आऊंगा।"

सुनील वापस चला गया। कामिनी अपने कमरे में आकर जब कपड़े बदलने के लिए गुसलखाने में गई तो वह गुसलखाने के बड़े शीशे में अपने-आपको इस तरह देखने लगी जैसे वह अपने-आपको बिल्कुल न पहचानती हो। रात को पहनने के कपड़े कामिनी ने हाथ में पकड़े हुए थे, उसी तरह कपड़ों को हाथ में लिए वह कितनी देर खड़ी रही। उसे लगा कि न तो वह अपने-आपको पहचानती थी, न सुनील को, और न दुनिया के और किसी इंसान को।

कामिनी ने कपड़े बदले। रसोई में गई। रोटी बनाकर पिताजी को खिलाई और जितनी खा सकी उसने खुद भी खा ली। माली से गेट को ताला लगवाया। पिताजी के सिरहाने पानी का गिलास रखा। वह एक-एक काम इस तरह से करती जा रही थी जैसे फिर फारिग होकर वह एकाग्रमन आज दिन के उस पन्ने को पढ़ सके जिसे वह आज तक समझ नहीं सकी थी।

कामिनी ने अपने कमरे में आकर, अपने बिस्तर में बैठकर, एक हाथ से अपने कमरे की बत्ती बुझा दी और एक हाथ से अपनी सोचों की बत्ती जला ली...'मैं उसे याद होऊंगी तभी मुझे मिलने के लिए आया... उसने मुझसे बीते सालों की कोई बात नहीं की। पर उसे कोई विश्वास होगा जो उसने चुपचाप मुझे अपनी बाह्रों में ले लिया...'

...और कामिनी के होंठों पर सुनील के होंठों का स्पर्श सुलगने

लगा। कामिनी एक-एक क्षण को, एक-एक स्पर्श को, एक-एक कंपन को इस तरह सुधियाने लगी जैसे वे सारे क्षण, सारे स्पर्श और सारे कम्पन किसी भाषा के शब्द हों। कामिनी इन शब्दों को बार-बार पढ़ रही थी और इनमें से उनके अर्थ तलाश कर रही थी।

अर्थ मिल रहे थे, पर वे गहराते नहीं थे, बड़े नहीं होते थे। कामिनी का दिल चाहता था कि वे शब्द इतने गहरा जाएं कि उसके ख्यालों की सबसे नीची तहों को भी जाकर छू लें। और ये अर्थ इतने बड़े हो जाएं कि उसकी उमर के बराबर हो जाएं। कामिनी हर एक शब्द को इस तरह देख रही थी जैसे वह इन शब्दों को निचोड़कर इनमें से नये अर्थ को निकाल लेना चाहती हो। पर यह निचुड़ते नहीं थे। कामिनी कभी कसककर इन शब्दों को देखती थी, कभी पसीजकर कभी और चकित होकर।

कभी सोते, कभी जागते कामिनी ने रात काट दी। सुबह की पहली रोशनी के साथ ही कामिनी की इन्तज़ार शुरू हो गई—सुनील के टेलीफोन की इन्तज़ार। उसने रसोई में जाकर चाय बनाई पर उसने किसी तरह की आवाज़ न होने दी, ताकि किसी आवाज़ में टेलीफोन की आवाज़ न खो जाए। वह गुसलखाने गई। पानी के 'मग' को धीरे-धीरे पानी से भरकर हौले-हौले अपने बदन पर उंडेलती रही। वह रात के भरे हुए पानी से नहाती रही। उसने ताज़ा पानी का नल इसलिए न खोला कि पानी गिरने की आवाज़ में टेलीफोन की आवाज़ न खो जाए। ...दफ्तर जाने का समय हो गया। वह कभी घड़ी की तरफ देखती जहां से टिक्-टिक् की आवाज़ आ रही थी, रुकती नहीं थी; और कभी वह टेलीफोन के मुंह की तरफ देखती जिसमें छोटी-सी 'टन्न्' की आवाज़ भी नहीं आ रही थी।

कामिनी दफ्तर चली आई। कुछ देर उसने अपने-आपको काम के

हवाले किए रखा। पर कामों की छोटी-सी मुट्ठी में उसकी सोच नहीं समा रही थी। उसने होटल के टेलीफोन का नम्बर खोजा और मिलाया। उसे कमरे का नम्बर याद था। टेलीफोना की घंटी कितनी ही देर बजती रही। फिर सुनील की आवाज़ सुनाई दी।

"मैं कामिनी बोल रही हूं।"

"हां। मैं अभी सोकर उठा हूं। सोच ही रहा था कि फोन करूं।"

"मैं घर से नहीं दफ्तर से बोल रही हूं।"

"मैं पांच बजे आऊंगा।"

इसके बाद कामिनी ने अपना सारा ध्यान अपने काम में लगा दिया। काम करते हुए कामिनी को कई बार लगा कि जैसे शाम हो गई हो। पर जब भी उसने घड़ी देखी, शाम का आना उसे बहुत दूर दिखाई दिया।

आखिर पांच बजे सुनील आया। कामिनी अपने कमरे से उठ खड़ी हुई। कामिनी को साथ लेकर सुनील जब अपने होटल के पास आया तो सुनील ने देखा कि बाहर गेट पर उसकी मां खड़ी थी।

"तुमने कहा था कि तुम सुबह आओगे...पर तुम आए नहीं। मैं यहां सरनी के साथ कुछ चीज़ें खरीदने के लिए आई थी। सोचा, तुम्हें भी देख लूं।"

"मैं अभी यहां से गया था।...यह कामिनी...आपने शायद कामिनी को पहले नहीं देखा।"

"यह मेरे कालेज में पढ़ते थे..." कामिनी ने कहा। मां ने जिस हाथ से कामिनी की पीठ को दुलार दिया...कामिनी को वह हाथ बहुत मुलायम महसूस हुआ। मां का जिस्म वैसे भी सुबक-सा था, पर उसकी आंखों का देखना इतना नम था कि वह और भी सुबक लगती थी।

"सरनी कहां है?" सुनील ने पूछा।

"साथ की दुकानों पर कपड़े निकलवाकर देख रही है। मैं चलती हूं। बस एक नज़र तुम्हें देखने ही आई थी।"

"वह पांच-सात मिनट और राह देख लेगी। कमरे में चलकर चाय पी लें। उसे भी बुला लाऊं?"

"उसका खाविंद भी साथ आया है। बच्चे भी साथ हैं। तुम्हारा उनसे मन घबराएगा। रहने दो।"

"अच्छा, आप चाय पी लें।"

"देर होगी।"

"नहीं, देर नहीं लगेगी।"

सुनील ने कमरे की चाबी मां को दे दी और खुद चाय का आर्डर देने के लिए नीचे रुक गया।

मां ने कमरे के पास पहुंचकर चाबी कामिनी को देते हुए कहा, "खोलो बेटी!" कामिनी ने दरवाज़ा खोला और मां के बैठने के लिए कुर्सी को खाली कर दिया। पलंग के पास एक ही कुर्सी पड़ी थी जिसपर सुनील ने बहुत-से अखबार रख छोड़े थे।

"तुम बैठो बेटी! मैं यहां पलंग के पाये पर बैठ जाती हूं।"

"नहीं, आप यहां बैठिए। आराम से बैठेंगे।" कामिनी ने कहा। एक पल के लिए जैसे दोनों को पता नहीं चल रहा था कि कौन किसकी मेहमान थी।

मां कुर्सी पर बैठ गई। मेज़ पर अखबारें पड़ी थीं। कामिनी मेज़ को खाली कर चाय रखने के लिए जगह बनाने लगी। मां ने गमककर कामिनी की तरफ देखा और पूछा, "तुम बेटी यहीं दिल्ली में रहती हो?"

"जी हां! मैं और सुनील यहां कालेज में एकसाथ पढ़ते थे। कालेज की पढ़ाई खत्म हो जाने पर सुनील कलकत्ता चले गए थे। उसके बाद

कभी नहीं मिले। बस कल मिले थे।"

"मैं तो इस लड़के से हार बैठी हूं।"

"क्यों?"

"विवाह नहीं कराता। कई बार मान भी जाता है। सारी बात पक्की हो जाती है। खुद लड़की पसन्द करता है और खुद ही नकार देता है।"

कामिनी ने एक नज़र मां की ओर देखा। पर चुप रही। सुनील कमरे में आ गया था। मां ने भी आगे कुछ न कहा। सुनील के पीछे-पीछे होटल का बैरा था। उसने चाय की ट्रे मेज़ पर रख दी। कामिनी ने चाय का प्याला बनाया और मां को देकर वह बाकी के दो प्यालों में चाय बनाने लगी।

"सुबह आओगे? थोड़ी देर के लिए ही आ जाना। इस तरह अच्छा नहीं लगता।" मां ने चाय पीते हुए कहा।

"अच्छा।"

चाय का प्याला पीकर मां उठ बैठी।

"मैं आपको छोड़ आऊं?" सुनील ने पूछा।

"मुझे कौन-सा दूर जाना है। तुम लोग बैठो। मैं खुद चली जाऊंगी।"

मां के जाने के बाद कामिनी ने सुनील की तरफ देखा। "आपकी मां बहुत अच्छी हैं। लोगों की मांएं ऐसी नहीं होतीं।"

"अच्छा!" सुनील हंस दिया और पूछने लगा। "मेरी कोई शिकायत नहीं की उसने?"

"की थी।" कामिनी भी हंस दी।

आगे सुनील ने कुछ न पूछा। इसलिए कामिनी भी चुप रही। सुनील ने हाथ का प्याला मेज़ पर रखा और कमरे का दरवाज़ा भिड़का दिया।

कामिनी ने पिछले सालों इतनी किताबें पढ़ी थीं कि धीरे-धीरे किताबों के किरदार उसके लिए दिखते-बसते शहर के लोगों से ज़्यादा वाकिफ बन गए थे। सुनील को भी उसने पिछले सालों में कभी देखा नहीं था, जाना नहीं था, इसलिए उसकी याद भी उसे किसी किताब के किरदार की तरह आती थी। आज सुनील को अपने पास और अपने सामने देखकर भी उसे कुछ देर के लिए यह लगा कि वह एक कहानी पढ़ रही थी। उसने उचटकर सुनील के चेहरे की तरफ इस तरह देखा जैसे कोई धड़कते दिल से कहानी पढ़ते हुए सोचता है कि आगे क्या होगा...

सुनील ने कामिनी के पास आकर उसे अपनी बांहों में ले लिया।

कामिनी पलंग के पास बैठी थी और सुनील खड़ा था। इसलिए सुनील का सारा बदन कामिनी से सटा हुआ था। कामिनी ने चौंककर सुनील की तरफ देखा। और बेशक सुनील के होंठों का सांस उसके अपने होंठों को छू रहा था, पर कामिनी को लगा कि इस पल के, इस स्पर्श के और इस कम्पन के सारे शब्दों को मिलाकर जो कहानी वह गढ़ रही थी—उस कहानी का कोई भविष्य नहीं था।

भविष्य से टूटे हुए पल की तरह कामिनी ने अपना सिर सुनील की छाती पर रख दिया। इस सुनील को कामिनी ने लगातार सालों प्यार किया था। शायद वे साल ही इस पल की कीमत थे। कामिनी को लगा कि यह एक पल सच्चा था, बाकी सब कुछ झूठ था। उसका दिल किया कि जैसे कोई कपड़े गले से उतारते हैं, वह अपनी उमर से वर्षों को उतारकर इस पलंग के पाये के पास रख दे। कामिनी को लगा कि उसकी उमर के धागे में यह एक पल हमेशा के लिए लटका रहेगा। उसने कई सूने वर्ष इस पल की बाई ओर पिरोए हुए थे। और अब वह कई सूने वर्ष इस पल की दाईं ओर पिरोती रहेगी।

बीते हुए सूने वर्षों की तरफ जब कामिनी ने नज़र भरकर देखा तो उसे लगा कि वह सूने रास्ते पर अकेली नहीं चलती रही थी। नासिर बेशक उसका हम-कदम बनकर उसके साथ कभी नहीं चला था, पर थोड़ी दूर चलता वह हमेशा उसकी रखवाली करता रहा था।... कामिनी ने जल्दी से आनेवाले सूने सालों को भी दूर से देखा। उसे लगा कि वह अब अकेली उन राहों पर भटकेगी, नासिर वहां भी दूर-पास कहीं ज़रूर होगा, उसकी खबर पूछेगा...उसकी रखवाली करेगा। ...और कामिनी को नासिर का चेहरा इतना पहचाना हुआ लगा और इतना अपना-सा लगा कि वह हैरान होकर सुनील की तरफ देखने लगी।

"बहुत जल्दी जाना है? तुम एकदम उठकर बैठ गई हो?" सुनील ने पूछा।

"इस समय तो जाना है...फिर..." कामिनी से कुछ भी न कहा गया।

"मुझे शायद कल वापस जाना पड़ेगा...इस बार मैं जाकर तुम्हें चिट्ठी लिखूंगा।"

"अच्छा!"

"कल फोन करूंगा।"

"अच्छा!"

•

## सोलह

जब तक कामिनी ने सुनील को नहीं देखा था, वह इस दुनिया में, इस शहर में रहते हुए भी, तीसरी मंज़िल पर रहती थी, जहां बैठी उसको इस

दुनिया के, इस शहर के लोग अपने से बहुत फासले पर दिखाई देते थे। वह उन्हें दूर से ही देखती रहती थी।

कालेज के दिनों में कामिनी और सुनील की मुलाकात हुई थी, और उसके चले जाने के बाद कामिनी को लगा कि उसके थोड़े दिनों की मुलाकात उसे किसी सात मंजिलों की इमारत के सबसे ऊपरी चौबारे में बैठा गई थी, यहां पर बैठी वह धरती पर चलते हुए लोगों को दूर से देखती रहती थी। लोग पहले भी उसे अपने से दूर दिखते थे...फिर...और भी दूर लगने लगे थे।

सालों के साल कामिनी ने लोगों को देखा। दुःखों की खबरें सुनी, दुःखों की खबरें लिखीं। पर उसे कभी महसूस नहीं हुआ था कि अगर इस शहर की आबादी की गिनती करने लगे तो उसका नाम भी उस गिनती में शुमार था। वह अब तक ज़िन्दगी के नाटक की किरदार नहीं थी... दर्शक थी।

पिछले दिनों सुनील उससे फिर आ मिला। बेशक उसी तरह जैसे कोई राह चलते आ मिले। पर कामिनी को लगा कि उसने इस शहर की धरती में कहीं कोई दर्द बीजा हुआ था। और अपने कानों में सुनील का नाम फिर से सुनकर, और अपने होंठों में उसका नाम फिर से दुहराकर, उसे लगा कि उसने कुछ साल पहले इस धरती में जिस दर्द को बोया था, वह 'दर्द' उग आया था और इस धरती से उसका कोई रिश्ता जुड़ गया था।

कामिनी कांप-कांप गई थी और सुनील ने फिर जब अपने होंठों से कामिनी के ठंडे और कांपते होंठों को चूमा था तो कामिनी को लगा था कि सुनील उसे सात मंजिलों की इमारत के ऊपरी चौबारे से भी कहीं और ऊपर ले गया था।

फिर कामिनी को महसूस हुआ कि सुनील उसे जहां ले गया था,

वहां सिर्फ शून्य था, या सिर्फ बादल थे। धरती से उसका कोई रिश्ता नहीं था। जहां तक उसकी नज़र जाती थी उसके चारों ओर घिरते हुए बादल थे और सुनील की कभी न टूटनेवाली खामोशी थी। और आज उसे लगा कि उसकी छाती में एक सलेटी रंग की उदासी घिर रही थी।

कामिनी की आंखों में एक बादल की बूंदें उतर आई। और बूंदें जैसे हौल से धरती पर उतर आती हैं, कामिनी ने टेलीफोन का रिसीवर उठाकर एक नम्बर मिलाया और धीरे से कहा:

"नासिर!"

"कौन? कामिनी?"

"हां, नासिर! आपके पास इस समय फुर्सत होगी? मैं..."

"हां, कामिनी!"

"अच्छा! मैं अभी आपके पास आऊंगी।"

"पर इतनी रात गए तुम अकेली कैसे आओगी, मैं आ जाता हूं।"

"मुझे ही आना चाहिए नासिर!"

"इसमें क्या फर्क पड़ता है कामिनी। मैं अभी आ रहा हूं।"

"नहीं नासिर, मैं..."

नासिर ने टेलीफोन वन्द कर दिया था। कामिनी आगे कुछ न कह सकी। कमरे में बिजली की बत्ती जल रही थी। बिजली की रोशनी कामिनी को एक तलखी की तरह महसूस हुई। उसने बिजली बुझा दी। वह कितनी ही देर नर्म अंधेरे में खड़ी रही। फिर उसने एक मोमबत्ती जलाई। पीतल के दीये में मोमबत्ती को रखकर कामिनी कितनी ही देर उसकी लपट की तरफ देखती रही। कमरे की खिड़कियां बंद थी जिससे मोमबत्ती की लपट बड़ी अडोल थी। पर कामिनी का सिर मोमबत्ती पर इस तरह झुका हुआ था कि कामिनी

के सांस लेने पर मोमबत्ती की लपट कांप जाती थी। ...कामिनी कभी भरकर सांस लेती और कभी होंठों में भींचकर। मोमबत्ती की लपट कभी धीरे से कांपती, कभी कांपकर दुहरा जाती। कामिनी ने सोचा कि उसके मन में जलती हुई लपट इस मोमबत्ती की लपट से ज्यादा अडोल थी।

नासिर ने जब पाकर कामिनी के कमरे का दरवाज़ा धीरे से खोला, तो उसके चेहरे की तरफ देखकर कामिनी को लगा कि उसके मन में जलती हुई लपट मोमबत्ती की लपट से कहीं ज़्यादा कांप गई थी। नासिर का सांस मालूम नहीं कितनी नज़दीक से उसे छू गया था।

नासिर ने कमरे में पैर रखा, कामिनी की तरफ देखा और जहां खड़ा था वहीं खड़ा रह गया। उसे लगा कि कमरे में एक नहीं, दो मोमबत्तियां जल रही थीं। कामिनी एक मोमबत्ती की तरह खड़ी थी, मोमबत्ती की लपट की तरह कांप रही थी, और मोमबत्ती की तरह पिघल रही थी।

नासिर ने आगे बढ़कर कामिनी को अपनी बांहों में लिया। कामिनी ने नासिर के कन्धे से अपना सिर टेक दिया।

"नासिर!"

"मुझे मालूम है, कामिनी।"

"पर, कैसे?"

"मैंने आज से पहले कभी तुम्हारा हाथ भी नहीं छुआ। अगर मुझे आज मालूम न होता...मैं अपनी बांहों को ऐसी इजाज़त कभी न देता।"

"पर कैसे नासिर?"

"मैं जब कमरे में आया तो गुझे लगा कि कमरे में एक नहीं दो मोमबत्तियां जल रही थीं। तुम्हारे मुख की लौ में मैंने अपना चेहरा

पहचान लिया।"

"पर नासिर!"

"आज से पहले मैंने जब भी तुम्हारे चेहरे की तरफ देखा, मुझे लगा कि तुम्हें सुनील की इन्तज़ार थी, मेरी नहीं। इसलिए मैंने एक कदम भी उस राह पर नहीं बढ़ाया था...जिस राह पर तुम किसी और का इन्तज़ार कर रही थीं..."

"मैं सुनील से मिली थी।"

"मुझे पता है।"

"पहले दिन मैंने ही बताया था।"

"उस दिन मैंने ही तुम्हें कहा था कि सुनील से मिलने के लिए तुम ज़रूर जाओ।"

"तुमने ऐसा क्यों कहा था नासिर? तुम चाहते थे, मैं तुम्हारी ज़िन्दगी से चली जाऊं...हमेशा के लिए चली जाऊं?"

"मालूम नहीं किस तरह। पर यह मुझे पता चल गया था कि अगर तुम कभी मेरी तरफ आ सकती हो तो सिर्फ उस रास्ते से आ सकती हो जो रास्ता पहले सुनील के पास जाएगा...और फिर वहां से लौटकर मेरे पास आ जाएगा।"

"पर यह कैसे नासिर?"

"मुझे मालूम था, मैं तुम्हें सुनील से ज्यादा प्यार करता हूं। सिर्फ सुनील से ही नहीं, मैं तुम्हें अपने अस्तित्व से भी ज़्यादा प्यार करता हूं।"

"यह तुम्हें मालूम था नासिर? कब ले मालूम था?"

"जब तक तुम्हें नहीं जाना था...तब तक नहीं पता था। फिर जिस दिन तुम्हें जान लिया...उसी दिन मैंने यह भी जान ली।"

"पर वह तो...उस दिन तो मैं तुम्हारे स्टुडियो में गई थी, मैंने तुम्हारी

तस्वीर ली थी। तुम्हारी पेंटिंग की...”

“उस दिन मैंने तुम्हें देखा था, जाना नहीं था। जाना उसे तीन दिन के बाद था...जब मैंने अखबार में तुम्हारा कालम पढ़ा था।”

“पर उस कालम में मैंने तुम्हारी तस्वीरों की तारीफ नहीं की थी।”

“पर जो कुछ तुमने लिखा था...वह तारीफ से ज़्यादा सच था। सच की रोशनी में मैंने तुम्हें पहचाना था, और सच की रोशनी में मैंने खुद को पहचाना था। मैंने उस दिन के बाद...”

“उस दिन के बाद, नासिर?”

“उस दिन के बाद मैंने हमेशा अपने-आपकी तुम्हारी अमानत समझा कामिनी! जो कोई गलती मैं ज़िन्दगी में पहले कर चुका था... फिर कभी नहीं की।”

“नासिर!”

“पहले ज़िन्दगी खाली थी...इसलिए मुझसे गलती हो गई थी। उस दिन के बाद मैंने उस लड़की से मिलना छोड़ दिया जिससे मैं पेंट किया करता था। फिर मेरी ज़िन्दगी तुम्हारे ख्याल से भर गई थी। इसलिए मुझसे कोई गलती या गुस्ताखी नहीं हो सकती थी।”

“पर नासिर! मैंने तो उसके बाद...”

“वह ज़रूरी था।”

“पर मैं...”

“पर वह ज़रूरी था कामिनी!”

“पर नासिर! यह तुम उस समय भी जानते थे, जब तुमने मुझे सुनील के पास जाने के लिए कहा था?”

“पता था।”

“तुम्हारे दिल में कुछ नहीं हुआ था?”

"उस दिन मुझे ज़िन्दगी में पहली बार पता चला था कि दर्द क्या होता है।"

"यह एक अजीब हादसा है नासिर!"

"हां।"

"मैं इतना जानती थी कि तुम मुझे अच्छे लगते हो। मैं तुम्हारी कदर करती थी, पर इससे ज्यादा मुझे कुछ मालूम नहीं था...मेरे मन पर कब और किस तरह तुम्हारा नाम खुद गया था। यह मुझे बिल्कुल मालूम नहीं। मैं सुनील को मिलने के लिए गई। मैं सालों के साल उसके ख्याल को दिल में संजोए रही थी। पर अजीब बात है कि उसने जब मेरी तरफ देखा, उसकी आंखों की रोशनी जब मेरे दिल पर पड़ी, तो मैंने देखा कि मेरे सारे दिल पर तुम्हारा नाम खुदा हुआ था।"

नासिर का सालों से बंधा हुआ सबर टूट गया। उसने कामिनी को कसकर अपनी छाती से लगाया और अपने होंठों से कामिनी के माथे को, गर्दन को और उसके होंठों को इस तरह छुपा जैसे वह अपने होंठों से अपनी सालों की प्यास को माप रहा हो।

"नासिर!"

"हां।"

"यह किस तरह हुआ? क्यों हुआ?"

"शायद इसलिए कि सुनील तुम्हें प्यार नहीं करता जैसे उसे करना चाहिए था। वह किसीको प्यार नहीं करता।"

"तुमने कभी सुनील को देखा है?"

"देखा नहीं। पर मैंने उसे जाना है।"

"कैसे? क्या जाना है?"

"वह बड़ा अच्छा है, बड़ा ज़हीन! पर एक बात में वह बड़ा ज़ालिम है।"

"किस बात में?"

नासिर थोड़ा-सा झिझक गया और फिर बोला, "वह किसी न किसी बड़ी खूबसूरत लड़की का ध्यान अपनी तरफ खींच लेता है। पर जब किसीको उससे मुहब्बत जैसा तेज़ खिचाव महसूस होता है, तो वह उसकी परवाह करना छोड़ देता है।"

"मुझे उसकी मां ने भी उसके बारे में कुछ ऐसा ही कहा था। मैं पूरी तरह नहीं समझी थी। उसकी मां मुझे बहुत अच्छी लगी थी। पर नासिर, अगर तुम्हें यह मालूम था तो तुमने मुझे बताया क्यों नहीं था?"

"मुझे उस समय कुछ नहीं कहना चाहिए था।"

"क्यों?"

"अगर मैं उस समय यह कहता...तो इसे मेरा हसद समझा जाता।"

"मुझे भी लगा था कि वह इस तरह करता है। पर वह ऐसा क्यों करता है नासिर?"

"पता नहीं...उसके बचपन में शायद कोई ऐसी बात हुई हो। शायद किसीने उसके मन को दुखाया हो।"

"उसके पास बैठकर भी लगता है कि वह बहुत दूर बैठा हुआ है। जिस दिन मैं उसे मिली थी, उस रात मुझे लगा था कि मैं न तो उसे पहचानती थी, न अपने-आपको और न दुनिया के और किसी, इन्सान को।"

"मुझे भी नहीं?"

"उस दिन मैं बहुत हैरान थी। दुसरे दिन कुछ संभल गई थी। दूसरे दिन मुझे लगा कि मैं और किसीको पहचानती होऊ या न, पर मैं तुम्हें पहचानती हूं। नासिर!"

"हां।"

"आज मुझे ज़िन्दगी में पहली बार यह महसूस हुआ है कि यह धरती मेरी है, यह देश मेरा है, यह शहर मेरा है।"

"पर कामिनी! यह धरती तुम्हारे काबिल नहीं। इस देश और इस शहर को तुमने देख ही लिया है कि कैसा है।"

"पर जब किसी देश के एक आदमी से कोई प्यार करने लगे तो उस देश का चेहरा बदल जाता है।"

"आज तुम्हारे मुख की रोशनी में सचमुच बदल गया लगता है"

"शायद कभी वैसे भी बदल जाएगा...सबके लिए बदल जाएगा..." और कामिनी ने नासिर की ओर इस तरह जी भरकर देखा जैसे एक पल के लिए सारे देश का चेहरा छोटा-सा होकर नासिर के नक्शों में समा गया हो और या नासिर का चेहरा विशाल होकर सारे देश पर छा गया हो!

•

# गांजे की कली

"अघनिया! ओ अघनिया!"

"जा मैं नहीं गुठियाऊं।"

"काबर नहीं गुठियावे?"

"तै मोर नाम अधनिया काबर रखे अस?"

"मैं तोला के बार बता चुके हों के तै 'अधन' में पैदा होए रहे अस, एकरे सेती तोर दादा तोर नाम अघनिया रख दे रही से, ए मा मोर का कसूर ए?"

दाई, मोला तो ए नाम अच्छा नहीं लगे। अच्छा बता तो, भला जो मैं कहीं जेसठ में पैदा हो जाती तो मोर दादा मोर नाम जेसठी रख दैतीस?"

अघनिया की मां मन में गुटक उठी। अघनिया उसकी बड़की बेटी थी। और वह भी ढलती उमर में हुई थी। वह कई साल पीपलों लले नहाती रही थी। कोई टोना उसने छोड़ा नहीं था। एक बार किसी अघोरी के कहने पर उसने अपने-आपको शिवलिंग को भी समर्पित किया था। और फिर कहीं जाकर यह बेटी उसकी कोख में पड़ी थी। एक तो बेटी लाड़ली और वह भी झलमला गांव के मालगुजार की बेटी। और वह भी किस्मत वाली। क्योंकि उसके बाद उसकी मां ने एक के बाद एक तीन बेटे जन्मे थे। मां ने लाड़ से पूछा:

"तोर का नाम रखे के मन ए? जोन नाम तोरे मन ला अच्छा लगै तै ओई रख ले। सगुणा नाम तोला अच्छा लागत ए? सगुणा... शबरी...पोखरी...मंगली...पर एमन सब नाम तो नीच जाती वाला मन के नाम एं। हमर जाति में तो पुस्कर, राधा, सीता...ऐसना नाम अच्छा लगे।"

"ना दाई ना! मोर तो गलबत्ती नाम रखे के मन एं। एई नाम मोला खूब अच्छा लागत ए।"

"तो जा नारियल लेके मन्दिर में चढ़ा था, और पुजारी जी ला कहो आज ले मैं आपन नाम गुलबत्ती रख लै हों।"

अघनिया उर्फ गुलबत्ती खुशी से मचल उठी और दोनों बांहें मां के गले में डालकर कहने लगी:

"देख दाई, तै आज मोर एक और बात ला मान ले, बता तो मानवे ना?"

"लै लै, मोर गला ला तो छोड़! ते जौन बात कवे ओई ला मैं मान लूं।"

"ओ जो दादा टीपा में सौंफिया दारू रखे एना, ओमा के थोडकुन मोला दे दे, आज मोर पिए के अडबड मन ए।"

"चल हट! देख तो एकर बात ला, काल के छोकरी अऊ दारू पिए वर मांगत ए, कौनो सुनी तो का कही?"

"लै अब मैं बारह साल के तो हों गए ओं।"

"बारह साल के हो गए अस तो कौन मार तै जवान हो गए अस, दारू पिए वर...दारू पिए वर करत ए, जाना जाके खेत मन ला, देख सब तो खेता होत ए...प्रोती दादा दारू में, जूआ में उड़ात ए, ओती नौकर मन सब कुछ खांवजात ए।"

"तै फिकर झन कर, मैं सब देख लूं, अब तो मैं बड़े हो गए ऊं।"

"बड़े हो गए अस तो तैवरै सेती तो तोर दादा तोला घर से निकालत।"

"मोर दादा मोला घर से निकाली?"

"हां, अब तो तोर ब्याह के सब बात पक्का हो गए हुए।"

अघनिया से अभी-अभी बनी गलबत्ती के मन में एक घबराहटसी उठी। वह नारियल की बात भी भूल गयी और दारू की भी। कमर में बंधी हुई चांदी की करधनी जैसे उसके गले में लिपट गई। और वह खुलकर सांस लेने के लिए एक ही झटके से करधनी उतारकर बाहर कंवल फूलों के तालाब की ओर चल दी।

गुलबत्ती को लड़कियों के साथ मिलकर आंखमिचौनी खेलना बिल्कुल पसन्द नहीं था। वह जब गांव के जवान लड़कों को 'डुडुया! कबड्डी!' खेलते देखती थी तो वह भी सांस रोककर 'डो-डो' करती हुई उनकी जवानी के बराबर उतरना चाहती थी। पर गुलबत्ती हमेशा अपनी मां के कहने में रहती थी, उसकी मां ने उसे लड़कों के साथ खेलने से मना किया हुआ था, इसलिए गुलबत्ती ने अपने मन को एक लगाम डाली हुई थी—आज जब वह तालाब की ओर जा रही थी, मन्दिर के पीछे कितने ही कुर्मी लड़के डुडुया खेल रहे थे—गुलबत्ती को लगा कि आज उसके मन की लगाम टूट जाएगी। 'यूं तो जवानी सबकी खूबसूरत होती है' वह सोचने लगी, 'पर चमरों (चमारों), राउतों (माशकियों) और पनकों (जुलाहों) के लड़कों से कुर्मी लड़के बड़े तीस-तने होते हैं,' गुलबत्ती सोचने लगी, 'शायद इसलिए के वे मछलियों को पकड़ते हुए पानी में मछलियों की तरह तैरना भी जानते हैं।'

गुलबत्ती कुछ देर जवान कुर्मी लड़कों के तेल से चुपड़े हुए बदन देखती रही। उनकी बांहों में मछलियां फड़क रही थीं। और गुलबत्ती को लगा कि अगर वह भी-डो-डो करती हुई उनके पास खेलने चली जाए तो

वह इन लड़कों की बांहों में से मछलियां पकड़ सकती थी।

शिवाले का घण्टा बजा और गुलबत्ती ने देखा कि उसकी सहेली सोनियां मन्दिर से प्रसाद लेकर बाहर निकल रही थी। गुलबत्ती को नारियल की बात याद हो आई और कुर्मी लड़कों की बांहों में से मछलियां पकड़ने की बात भूल गई।

गुलबत्ती ने सहेली को साथ लेकर मन्दिर में नारियल चढ़ाया और शिव की मूर्ति के सामने खड़ी होकर अघनिया से पक्की तरह गुलबत्ती बन गई।

गुलबत्ती बनकर वह खुश थी पर उतनी खुश नहीं जितनी खुश उसे होना चाहिए था। आज मां ने उसे जो विवाह की बात बताई थी, वह बात उसके दिल में डूब-उतरा रही थी। वह अपनी सहेली को साथ लेकर जब कंवल फूलों के तालाब की ओर गई तो फूलों की नीली और गुलाबी आभा उसके कलेजे में घिर उठी। गुलबत्ती की सहेली गुलबत्ती से दो साल बड़ी थी। वह कभी-कभी एक गीत गाया करती थी जो गुलबत्ती की समझ में कभी नहीं आया था। आज गुलबत्ती ने उसे वही गीत गाने के लिए कहा:

"घर ला फोड़ के बनाए हों कुरिया,<br>तोर मया के मारे जाओ नहीं रिया।"

सहेली ने आज जब यह गीत गाया तो गुलबत्ती को लगा कि आज यह गीत उसकी समझ में आ गया था। उसे लगा कि कंवल फूलों की नीली और गुलाबी आभा थी जिसकी माया उसके मन को लग गई थी। वह इस माया की मारी कहीं दुर नहीं जा सकती थी और शायद इसीलिए विवाह की बात से उसका मन घबरा रहा था।

गुलबत्ती का बाप इस झलमला गांव का मालगुजार था—कचकौलप्रसाद पुष्करणा। गांव में कोई सौ घर होंगे। ये सभी कुमियों,

पनकों और नीची जाति वालों के घर थे। पुष्करणों के केवल चार घर थे और उनमें से भी कचकौलप्रसाद का एक घर था जो पक्का बना हुआ था, बाकी सभी खपरैले थी।

कचनौलीप्रसाद को ढलती आयु में ओलाद हुई थी। अब चाहे इस बड़की बेटी के अलावा उसके घर तीन बेटे थे, पर तीनों बेटे अभी बहुत छोटे थे। एक तो अभी पालने में था। कंचकौलप्रसाद को कामकाज संभालने के लिए सहारा चाहिए था इसलिए वह चाहता था कि अपनी बेटी को किसी समझदार आदमी से ब्याह कर अपना सहायक बना ले।

झलमला गांव से कुछ झोस के फासले पर चण्डीपारा गांव था। इस चण्डीफारे का मालगुजार रंगीलाल कचकौलप्रसाद के मिलने-जुलनेवालों में से था। कई बार वे नशा-पानी भी एक साथ करते थे। रंगीलाल की औरत जब मर गई तो कचकौलप्रसाद ने इस मौके को जाने नहीं दिया। रंगीलाल कचकौलप्रसाद जैसा बड़ा मालगुजार नहीं था, पर कचकौलप्रसाद जानता था कि वह कारोबार में उससे भी बढ़कर था। बीस साल प्रायु का अन्तर कचकौलप्रसाद की दृष्टि में कोई बड़ा अन्तर नहीं था। उसने गुलबत्ती की सगाई रंगीलाल से कर दी।

अकस्मात् गुलबत्ती ने देखा कि एक दिन उसके पैरों को महावर लगने लगा। घर के आंगन में शामियाना लगा और गांव की औरतें गुलबत्ती के गिर्द घेरा डालकर गाने लगी:

"ए बेरा कौन जगी।
जगी तो दूल्हन छोरी
ऐ बेरा कौन जगी।
दुल्हन जगी तो काहे जगी
गोरी नहाए लो काबर नहाए

गोरी घर दूल्हा के जाए
ऐ बेरा कौन जगी।"

गुलबत्ती की भांवरें पड़ी। महीने-भर में उसका गौना हुआ, उसकी पटौनी। पठौनी की रात गुलबत्ती ने देखा कि एक जो अधेड़ उमर का काला कंकाल-सा आदमी बैठक में बैठकर दोनों तलियों में गांजे की कलियां मसलकर गुड़गुड़ी पी रहा था वह उसका खाविंद रंगीलाल था। उसका दूल्हा। जिसके लिए वह मल-मल न्हाई थी, और जिसके लिए गांव की औरतों ने गीत गाए थे, 'गौरी नहाए तो काबर नहाए, गोरी घर दूल्हा के जाए।'

"रौतायन! ओ रौतायन! चूल्हा ले थोउकुन आगि तो ला!" गुड़गुड़ी पीते हुए रंगीलाल ने महरी को जब एक बार आवाज दी सो गुलबत्ती को जाने क्यों यह खयाल आया कि वह गांजे की एक कली थी, नशे की एक कली, जिसे इस रंगीलाल ने सारी उमर अपनी तलियों में मसलकर अपनी गुड़गुड़ी की आग में फूंकना था। गुलबत्ती का मन डूबने लगा। वह किसीके मन की आग में जलना ज़रूर चाहती थी, किसीका नशा भी बनना चाहती थी पर जाने क्यों उसका कलेजा छीज रहा था कि वह इस रंगीलाल की गुड़गुड़ी में जलने के लिए नहीं बनी थी।

उसने एक-एक कर कई जवान कुर्मी युवकों की कल्पना की। पर किसी भी देखे हुए और परिचित चेहरे का उसे ध्यान न आया। शायद इसलिए कि उसकी मां ने उसे आरम्भ से ही चेता दिया था कि कुर्मी युवक बहुत नीची जाति के थे, और गुलबत्ती हमेशा अपनी मां के कहने में रही थी। गुलबत्ती को न कोई कुर्मी युवक याद आया और न कोई और। पर उसका मन उससे पूछ रहा था कि यह रंगीलाल किस जाति से था। पर फिर उसका मन उसे खुद ही कह रहा था कि यह रंगीलाल चाहे कितनी भी ऊंची जाति का हो, उसकी अपनी जाति

से मेल नहीं खाता।

समाज की बनाई हुई जाति मेल खा गई, पर गुलबत्ती के सपनों से सपनों की जाति न मिली, और गुलबत्ती रंगीलाल की गुड़गुड़ी में गांजे की कली की तरह सुलगने लगी। सुलगती को एक-एक कर पांच वर्ष हो गए।

हर साल की तरह इस साल भी धान के खेत लहलहा उठे। रौताही का त्यौहार आया। मुजारों के गीतों से धरती गुनगुना उठी—और हर साल की तरह इस साल भी गुलबत्ती सूनी आंखों से यह सब कुछ देखती रही। फिर फसलों की कटाई हुई। वर्षा ऋतु आ गई और मोजली का त्यौहार आ गया। औरतों ने थालियों में जौ बोए और हरियाई थालियों में दिए जलाकर मन्दिरों में चढ़ा आई।

गुलबत्ती की महरी सोगिया बात-बात पर चहक उठती थी। वह ज़बरदस्ती गुलबत्ती को रंगीला 'लुगड़ा' पहनाती, उसकी कुर्ती पर कौड़ियां टांक देती और आती-जाती उसके मन को कचोट जाती। इस बार भी मांडली के मेले पर जाने का गुलबत्ती का मन नहीं था, पर सोगिया ने उसका प्यार से सिंगार किया और हठ ठानकर उसे मेले में ले गई।

मेले में तरह-तरह की चीज़ें थीं। कलकत्ता अधिक दूर नहीं पड़ता था। कई बनजारे शहरों की सुगातें लाए थे। गुलबत्ती साबुनों की खुशबूदार टिकियों को सूंघती रही; तरह-तरह के मोतियों की मालाएं देखती रही। दो मालाएं उसने खरीदी भी। पर मेले में घूमते एक फेरी वाले ने उसके मन को विचलित कर दिया, जिससे खीझकर उसने सोगिया से कितनी बार कहा कि वह मेला देखते-देखते थक गई है। इसलिए अब वह घर लौटना चाहती है।

फेरीवाला छरहरे बदन का बांका जवान था। पर वह इतना गोरे रग

का था कि उसका परदेसी होना गुलबत्ती को खल रहा था। उसकी आंखें शोख भी लगती थीं और शर्मीली भी। उसने कितनी ही बार गुलबत्ती के मुख की ओर देखते हुए होंका लगाया, "कुर्ती जम्पर वर कपड़ा ले लो, धोती ले लो, लुंगड़ा ले लो।" पर जब गुलबत्ती नज़र भरकर उसकी ओर देखती थी तो वह अपनी आंखें झुका लेता था। गुलबत्ती चाहती तो कपड़ों की गठरी खुलवाकर जितनी देर मन में आता देखती रहती, पर वह गठरी खुलवाकर कपड़े देखने की जगह उससे आंखें चुराने लगी। आंखें चुराते हुए उसने कितनी ही बार रास्ता बदला। पर जाने यह किस्मत का कौन-सा छल था, कि गुलबत्ती का बार-बार उस फेरीवाले से सामना हो जाता। आखिर में वह घबराकर मेले से लौट पड़ी। इस बार जब फेरीवाला लौटती हुई गुलबत्ती के सामने पड़ा तो उसके मुंह से अनायास निकल पड़ा:

"ठाकुर कौन गांव के अस?"

"नरिएरा के।" फेरीवाले ने चौंककर जवाब दिया।

"कौन देस से आए अस?" गुलबत्ती फिर पूछ बैठी।

"पंजाब ले।"

"कतन दूर ए इयां लें?" गुलबत्ती के मुंह से यूं आहिस्ता से निकला जैसे वह मन ही मन में ये दूरी नाप रही हो।

"खूब दूर पड़त ए।"

'खूब दूर पड़ते ए?' गुलबत्ती होंठों में इन गिनती के अक्षरों को दुहराती मेले में से लौट आई।

घर लौटकर आई गुलबत्ती ने जब रसोई की, और फिर बाहर आंगन में दीया जलाया तो उसने बाहर चौंककर देखा कि सामने मन्दिर के बरामदे में वही फेरीवाला चटाई बिछाकर बैठा हुआ था और उपलों की आग जलाकर अपने लिए रोटी सेंक रहा था। गुलबत्ती जल्दी से बाहर

का दरवाज़ा भिड़काकर चौके में लौट आई और अपने उखड़े हुए मन को भुलाने लगी।

उस दिन तो नहीं पर दूसरे दिन गुलबत्ती की रौतायन ने टिकटिकि बांधकर गुलबत्ती की ओर देखा और फिर हंसकर पूछने लगी, "नोनी! आज तैं कैसे चुपें के चुपे अस? काल मेला में कुछ गंवा तो नहीं आए अस?"

"मेला में?" गुलबत्ती ने हैरान होकर सोगिया की ओर देखा, पर आगे न कुछ महरी ने कहा और न गुलबत्ती ने बात को बढ़ाया।

महरी जब संध्या समय अपने घर चली गई तो गुलबत्ती ने बाहर का दरवाज़ा भिड़काते हुए मन्दिर के बरामदे की ओर देखा। वहीं फेंरीवाला आज फिर उपले जलाकर रोटी सेंक रहा था। गुलबत्ती आज फिर जल्दी से चौके में लौट आई और मन को सभालने के लिए अपना निचला होंठ दांतों में काटने लगी।

बाहर के दरवाज़े पर आहट हुई। महरी जाने क्यों लौट आई थी फिर और हंसकर गुलबत्ती से पूछ रहीं थी:

"नोनी! आज कौन चावल रांधे अस? खूब खुशब आवत ए।"

"क्यूं तोर खाए के मन ए का? आज मैं तो तिलकस्तूरी चावल रांधे हों।"

"ए नोनी! हमर एसन भाग कहां, हमन ला तो गुरमटिया ही तिलकस्तूरी ए।"

चल आज तो खा के देख ले। रमकेलिया के साग औ राहर के दाल के साथ तिलकस्तूरी चावल कैसना मिठात ए?"

"ए दाई,तै अतन कुछ रांधे अस, तोर घर के सामने जोन पंजाबी ठाकुर पड़े ए, ओ तो सुक्खा बाटी खात ए।"

"गोला का करना।" गुलबत्ती ने एक लापरवाही से कहा। पर उसका दिल ज़ोर ज़ोर से धड़कने लगा।

"सोगिया हंस उठी और कहने लगी, "अच्छा तो नोनी थोड़कुन आमा के अथान ही दे दे, मैं ओं बेचारा ला दे आओ।"

"चल कुटनी! तोर आपन खाए के मन होई ना?"

"नहीं नोनी! तोर कसम।..."

सोगिया कसम खाती रही, गुलबत्ती हंसकर यही कहती रही कि उसका अपना मन था अचार खाने को। वह यूं ही पंजाबी ठाकुर का बहाना बना रही थी। पर साथ ही गुलबत्ती ने एक कटोरी में आम का अचार डाल दिया। एक में अरहर की दाल, और एक ढकने में तिलकस्तूरी चावल।

कई दिन बीत चले। फेरीवाले ने मन्दिर के बरामदे में डेरा लगा दिया। दिन-भर वह इस गांव में और आसपास के गांवों में कपड़ा बेचता। रात को इस मन्दिर के बरामदे में लौट आता। रोज़ उपले जलाता, गेहूं का आटा मलकर उसके पेड़े बनाता, उनमें घी भरता और उन्हें उपलों की आग पर सेंक लेता। रोटी बनाने का यह ढंग पंजाबी नहीं था। और इस पंजाबी यात्री ने मध्यप्रदेश की छत्तीसगढ़ी भाषा की तरह यह ढंग भी सीख लिया था। और इस तरह वह रोटी जिसे मध्यप्रदेश की भाषा में बाटी कहते हैं, सेंक लेता। गुलबत्ती की महरी ने रोज़ उसे दाल, सब्ज़ी या अचार देने का नियम बना लिया था।

"कैसे सोगिया तोर फेरीवाला ठाकुर के का हाल-चाल ए? आजकाल तो तोर-ओंकर खूब पटत ए, कभी अथान ले जात अस, कभी साग ले जात अस, ए का रंग-ढंग ए?"

एक दिन गुलबत्ती ने महरी को चुटकी भरी।

सोगिया ने हंसकर ऐसी नज़रों से गुलबत्ती को देखा कि गुलबत्ती को लगा यह नज़र गहरे तक उसके मन में झांक गई थी। गुलबत्ती ने खुद ही सोगिया से मज़ाक किया था, खुद ही लजा गई। सोगिया का साहस बढ़ा।

कहने लगी, “हमन ला तो मालिक के मन ला देखना पडत ए।”

“मोर मन?” गुलबत्ती ने घबराकर पूछा।

“तै घबरा काबर गए अस नोनी? तोर मन के बात, मोर मन के बात ए। मोर जी छूट जाई, तो छूट जाई, पर तोर वर तो मोर जान भी हाजर ए।”

सोगिया ने यह बात जाने कितने सच्चे दिल से की थी। गुलबत्ती का मन स्नेह के सेंक से पिघल गया और दो मोटे-मोटे आंसू उसकी आंखों में भर आए।

“तोर दुखा ला मैं जानत ओ नोनी, तोर दादा तोला चण्डीपारा में ब्याह के भारी गलती करी से।”

गुलबत्ती को महिरम झिल गई। गुलबत्ती की ज़िन्दगी में यह पहली रात थी जिस रात उसने अपने मन में खुलकर सोचा कि—उसकी ज़िन्दगी अगर गांजे की कली थी तो वह इस पंजाबी ठाकुर की तलियों में मसली जाकर उसकी उपलों की आग में सुलगना चाहती थी। वह एक तीखा नशा बनकर इस गोरे, चिट्टे और सुकुमार युवक की आंखों में चढ़ जाना चाहती थी, वह...मुलबत्ती आगे सोचती-सोचती कांप भी गई और झूम भी गई।

दूसरे दिन प्रातःकाल गुलबत्ती ने घर के पीछे बने कंवल फूलों के तालाब पर जाकर बहुत-से फूल तोड़े और थाली में डालकर मन्दिर में ले गई। मन्दिर के बरामदे में से गुज़रते हुए गुलबत्ती ने पंजाबी ठाकुर को जी भरकर देखा और आज से पांच साल पहले की एक छोटी-सी बात उसे बहुत याद आई।—आज से पांच साल पहले,जिस दिन उसने अघनिया से अपना नाम गुलबत्ती रखा था और अपनी सहेली सोनिया को लेकर कंवल फूलों के तालाब पर गई थी, उस दिन जब उसकी सहेली ने गाया था, ‘घर ला फोड़के बनाए हों कुरिया, तोर मया के मारे जाओं

नहीं दुरिया,' और उस दिन उसे लगा था कि कंवल फूलों की नीली और गुलाबी आभा की उसे माया लग गई थी। वह वास्तव में कंवल फूलों की माया नहीं थी, वह इस आनेवाली घटना की परछाई थी। वह इस पंजाबी ठाकुर की कंवल फूलों जैसी मोटी और काली आंखों की माया थी...

पंजाबी सरदार ने बड़ी तरसी हुई आंखों से गुलबत्ती की आंखों का हुंकारा भरा जैसे कह रहा हो, 'माया तुझे तो नहीं लगी सुन्दरी! माया तो मुझे लग गई तुम्हारी—देख मैं कितने दिनों से तुम्हारे घर के आगे धूनी लगाकर बैठा हुआ हूं।'

पंजाबी सरदार हेमसिंह से गुलबत्ती का मन मिल गया। सोगिया के बगैर और चांद-तारों के बगैर इस बात की खबर किसीको न हुई। पर गुलबत्ती जानती थी कि यह खुशबू अधिक देर गांठ में बांधकर नहीं रखी जा सकती थी। इसलिए एक रात गुलबत्ती ने हेमसिंह के हाथों का सहारा लेकर चण्डीपारा गांव छोड़ दिया।

○ ○ ○

रात गुज़रनी थी गुजर गई। पर चण्डीपारे का दिन नहीं गुज़र सकता था। रंगीलाल ने पहले अपना गांव ढुंढवाया। फिर गुलबत्ती के बाप कचकौलप्रसाद को साथ लेकर आसपास के गांव खोजवाए और अगली रात ढलने से पहले नरिएरा गांव में उसने गुलबत्ती का और हेमसिंह का पता पा लिया।

एक ओर चण्डीपारे वाले और झलभला गांव के लोग थे और दूसरी ओर नरिएरे के। नरिएरे वालों का कहना था कि उनके गांव में जो भी कोई औरत सहारा लेने के लिए आई थी, वे उसे ज़रूर सहारा देंगे। दोनों गांवों के मुखिया मिल बैठे और बात को लडाई-झगड़े से बचाने के लिए उन्होंने पंचायत बांध ली। गुलबत्ती ने हेमसिंह का हाथ पकड़ा। भरी पंचायत में बैठकर अपने हाथों की चूड़ियां तोड़ दी और रंगीलाल

से कहने लगी, "ले ए पडे ए तोर चूड़ी, आज ले तोर मोर कोई रिश्ता नहीं ए।"

पंचायत ने हेमसिंह को दो सौ रुपये का दण्ड दिया और रंगीलाल को दो सौ रुपया दिलाकर गुलबत्ती हेमसिंह के साथ कर दी।

हेमसिंह की खपरैल में जब गुलबत्ती ने पंचायत की ओर से सुरखरू होकर चूल्हा जलाया तो उसके अंगों में से खजूर के चीर खाए हुए तने से बूंद-बूंद बहती ताड़ी की तरह मस्ती टपक रही थी।

उस रात, और हर रात जब गुलबत्ती हेमसिंह की बाहों में सोती थी, तो उसे एक ही ख्याल आता था कि वह गांजे की कली थी जो हेमसिंह के सांसों की आग में सुलगकर पूरी नशा बन गई थी। वह जी भरकर हेमसिंह की आंखों में देखती। उसकी आंखों में एक बावलापन होता और वह सोचती, यह उसीके नशे की गुलाबी धारियां थीं। और वह सोचती कि उसकी निष्फल जाती ज़िन्दगी सफल हो गई थी।

तीन महीने बीत गए। एक दिन बैठी-बैठी गुलबत्ती के अन्तर से एक ललक उठी, 'को जाने का बात ए, आज मोर मन बीह खाए वर करत ए,' और गुलबत्ती ने जब तक तीन बड़े-बड़े अमरूद न खा लिए उसका मन अमरूदों में भटकता रहा। एक दिन, दो दिन, और फिर गुलबत्ती का मन शकरकन्दी खाने के लिए मचलने लगा। गुलबत्ती ने शकरकन्दी भूनी और पेट भर कर खाई। अगले दिन गुलबत्ती हैरान थी, 'आज मोर जोंदरी खाए के मन ए।' और गुलबत्ती ने दूधिया भुटे भूनकर खाए। घर में भीना परागी चावल भी पड़े हुए थे, और लुचई चावल भी, पर गुलबत्ती के अन्तर से उठकर उसकी नाक को दुबराज चावलों की खुशबू चढ़ गई थी। चावलों की मांड से उसको मन को उबकाई आ रही थी। उसने प्याज़ भूनाकर दुबराज चावलों का पुलाव पकाया। साथ तेल में मछली भूनी और उसका मन खिल उठा। 'आज मोर समझ में आई सै। मैं भी कहूं

कैसे मोर मन खाए-खाए कर करत ए।' और गुलबत्ती मटक-भटक उठी कि आज जब हेमसिंह रात को घर आएगा तो वे दोनों मिलकर अपने आने वाले बच्चे की बातें करेंगे।

हेमसिंह फेरी लगाकर अभी घर नहीं लौटा था, मालगुजार के घर से एक आदमी ने आकर एक खत दिया। हेमसिंह को पहले भी कभी-कभी अपने गांव से अपने मां-बाप का खत आया करता था और हमेशा मालगुजार के पते पर आता था। गुलबत्ती ने खत को संभालकर रख दिया और बाहर दहलीज में बैठकर हेमसिंह की राह देखने लगी—आज वह मन में हेमसिंह के लिए दोहरी खुशी लेकर बैठी हुई थी।

हेमसिंह की झलक वह घने कुहासे में भी पहचान लेती थी। आज तो अभी सांझ झीनी-झीनी थी। उसने सामने खेत की मेंड़ पर से आते हुए हेमसिंह को देख लिया। खुशी की एक लहर उसके मन में उठी और वह सोचने लगी कि वह हेमसिंह को पहले कौन-सी बात बताएगी। बच्चे वाली बात बहुत बड़ी थी। और बड़ी बात हमेशा अन्त में खोली जाती है... 'गुलबत्ती ने सोचा, और अन्दर से खत लाकर अपने आंचल में छुपाती वह आगे उलझकर हेमसिंह से मिली।

"तोर वर एक ठो चीज़ लाए हों, बता तो भला का ए?"

"महुं तोर वर एक ठन चीज़ लाए हों। मोर सऊं बदली कर ले।"

पहले तो गुलबत्ती ने हेमसिंह को बनाया और कहने लगी, "पहले मोर मन के साथ आपन मन के बदला-बदली कर ले।"

पर जब हेमसिंह ने गुलबत्ती को अपनी बांहों में लेकर कहा, "ओ तो कब के हो चुके ए। अब मैं ओ नया मन कहां ले लाऊं," तो गुलबत्ती ने आंचल में छुपाया हुआ खत हेमसिंह को दे दिया और हेमसिंह से मोंगरे के फूल लेकर अपने बालों में टांगने लगी।

हेमसिंह ने खत पढ़ा और उसके माथे पर पसीने की बूंदें झलक आईं। गुलबत्ती ने जल्दी से हेमसिंह का हाथ थामा और अपनी खपरैल में चले आए। पर हेमसिंह का मुख इस तरह हो आया था जैसे भरे दरिया में उसके हाथ से चप्पू छूट गया हो। गलबत्ती ने महुए की शराब कसोरे में डाली और कसोरा हेमसिंह के आगे बढ़ाती हुई कहने लगी, "ए मा घबराए के का बात ए? जितना पैसा की तोला ज़रूरत होई मैं देहों।"

पिछले दिनों हेमसिंह को जब गुलबत्ती के बदले इकट्ठे दो सौ रुपये देने पड़े थे तो उसका हाथ तंग हो गया था। उसने बताया था कि पीछे पंजाब में उसके बूढ़े मां-बाप उसीके सहारे थे। वह उन्हें हर महीने कम-से-कम डेढ़ सौ रुपया भेजा करता था, तो गुलबत्ती ने एक रात अपने बाप से चोरी अपनी मां से हेमसिंह को दो सौ रुपये ला दिए थे। इसलिए अब भी गलबत्ती ने यही सोचा कि हेमसिंह को रुपयों की ज़रूरत आ पड़ी थी।

हेमसिंह की आंखों से आंसू बह निकले और वह गुलबत्ती के मुंह की ओर बड़ी ऋणी आंखों से देखने लगा। गुलबत्ती घबराई भी, पर घबराहट की अपेक्षा वह दिल थामकर तन बैठी। उसका मन हेमसिंह के हिस्से की हिम्मत भी अपने पास से जुटा रहा था। धीरे-धीरे हेमसिंह ने मन की बात कही। और उसने गुलबत्ती को जो प्रेम किया था वह प्रेम सच्चा था। पर वह एक बहुत बड़ा झूठ बोल बैठा था जो उसने गुलबत्ती को यह नहीं बताया था कि पीछे गांव में उसकी एक औरत भी थी और एक बच्चा भी। और आज उसकी औरत का मिन्नत-भरा खत आया था कि उनका इकलौता बेटा एक मोटर के नीचे आ गया था और अब वह अस्पताल में पड़ा हुआ था। और उसकी औरत ने दुहाई दी थी कि वह घर लौट आए।

हरी टहनी जैसी गुलबत्ती एक पल-भर में झर गई। बोली कुछ न,

केवल हेमसिंह के मुंह की ओर देखती रही। देखती-देखती उसके मन में आया कि उसकी सूखे पत्तों जैसी जान अपनी आग से आप ही जल उठे। वह भी जलकर राख हो जाए और उसकी डाल पर बैठा हुआ यह पंछी भी जलकर राख हो जाए।

उदासी का एक स्याह बादल गुलबत्ती के मन में उठा और अंधेरी रात जैसे इस बादल को गुलबत्ती के मन में आई एक बात बिजली की तरह चीर गई। गुलबत्ती का सारा बदन बिजली की तरह चमका और बिजली की तरह कांपा। उसने बिजली की लकीर की तरह हेमसिंह की ओर देखा और कहने लगी, "मों तोला एक ठन बात बतात हो।"

"का?"

"मोर बच्चा होई लागत ए।"

हेमसिंह चकित रह गया। उसने सोचा कि चाहे वह गुलबत्ती को पंचायत के सामने अपनी औरत बनाकर उसे पूरे अधिकार दे चूका था, पर इस समय गुलबत्ती ने अपने अधिकारों को और पक्का करने के लिए शायद बच्चे वाली बात अपने मन में गढ़ ली थी।

"सच कहत अस?"

"मैं तोला सच कहत हों ठाकुर। जोन दिन मैं तोर घर पाए रहऊं, मोला बिल्कुल मालम नहीं रही है कि मोर घर में कुछ होने बाला है...।"

"तोर कहे के मतलब ए कि ए बच्चा रंगीलाल के है वै?"

"हां।"

हेमसिंह के मन से एकबारगी सारा भार उतर गया। उसने सुरखरू होकर गुलबत्ती की ओर देखा। पहले तो गुबत्ती के मन में धरती को कंपा देने वाली बिजली की कड़क उठी, पर फिर यह कड़क उसके मन के सूने आसमानों में ही खो गई। और गुलबत्ती ने शान्त होकर हेमसिंह को गांव

लौटने के लिए तैयार कर दिया। अपने बारे में उसने यही कहा, कि वह रंगीलाल के पास लौट जाएगी और उसके बच्चे को उसके बाप के घर जन्म देगी।

हेमसिंह को रात की गाड़ी से गांव भेजकर गुलबत्ती ने वह रात नरिएरा गांव में ही काटी। रात का चौथा पहर था जब वह झलमला गांव के लिए चल पड़ी।

गुलबत्ती से भी पहले गुलबत्ती की बात गांव में पहुंच गई थी। हेमसिंह जाते हुए नरिएरा गांव के मालगुजार को मिलकर गया था। उसने मालगुजार को यह बात बताई थी और उसने यह बात रातों-रात गुलबत्ती के बाप को पहुंचा दी थी।

गुलबत्ती जब झलमला गांव में पहुंची, बाप का मुख खिंचा हुया था, पर गुलबत्ती की मां ने उसे गले से लगा लिया और उसका दिल बहलाने लगी।

गिनती के तीन दिन निकले थे कि कचकौलप्रसाद ने रंगीलाल को बुला भेजा। रंगीलाल ने कुछ हेकड़ी तो दिखाई पर मन से शायद वह खुश था। उसने कचकौलप्रसाद के घर आकर दारू-पानी पिया और गुलबत्ती को फिर से अपने घर डालने के लिए मान गया। गुलबत्ती पहले अपने बाप से उलझी, फिर रंगीलाल के सामने जाकर तन गई, "तोर सच कहत हों, ए तोर नाहैं।" और उसने रंगीलाल के घर बसने से इन्कार कर दिया।

मां हैरान थी। सारा गांव हैरान था। पर गुलबत्ती के लिए जैसे कुछ हुआ ही नहीं था। उसने धैर्य से मां की सयानी बेटी की तरह मां का चौका-चूल्हा संभाल लिया और बाप के सयाने बेटे की तरह बाप के खेतों का काम संभाल लिया और अपने मन को समझा लिया कि हेमसिंह की आंखों में दिखते कंवल फूलों की जो माया उसके मन को लग गई थी, वह वास्तव में हेमसिंह की आंखों की माया नहीं थी, वह उसकी अपनी

कोख से पैदा होने वाले कंवल फूल जैसे बच्चे की मायाथी। और वह बड़ी उत्सुकता से अपने बच्चे के जन्म का इन्तज़ार करने लगी।

गुलबत्ती के मन की गहराई किसीने न पाई। गांव की औरतें और गांव के मर्द गुलबत्ती से खेतों की बिजाई की, निंदाई की और कटाई की बात कर सकते थे, मामले की बात भी कर सकते थे, पर कोई गुगबत्ती की छाती में धड़ को हुए दिल की बात नहीं कर सकता था, और गूलबत्ती की कोख में पड़े हुए बच्चे की बात नहीं कर सकता था। केवल एक बार जब उसके बचपन की सखी सोनिया जब ससुराल से आई, उसने हिम्मत बांध ली और गुलबती को कनेरों के तले बैठाकर पूछने लगी:

"गया। एक ठन बात पूछत हों बतावे?"

"पूछ ना। का पूछत अस?"

"ए तोर बच्चा काकर अस ए?"

"मोर ए।

"एकर दादा कौन ए?"

"मैं ही एकर दाई हों, मैं ही एकर दादा।"

सोनिया की जैसे ज़बान थथला गई। पर फिर भी उसने हीया बांधकर पूछा: "तोर मर्द कौन ए गुलबत्ती?"

"मोर मर्द अबी पैदा नहीं होए ए। जौन बच्चा मोर घर में जन्में, ओई हर मोर मर्द होई। ना तो रंगीलाल मोर सच्चा मर्द ए, अऊ ना हेमसिंह। अब मोर सच्चा मर्द मोर पेट ले जन्मे...मोर बच्चा...मोर गर्द..." और गुलबत्ती एक नशे में झूम गई। उसे लगा कि वह गांजे की कली ज़रूर थी पर किसी भी मर्द के पास उसे पीने के लिए दिल की प्राग नहीं थी। इस कली को पीने के लिए उसे आग भी अपने दिल में ही जलानी पड़ी थी। कली भी वह खुद थी, आग भी वह खुद थी, पीने वाली भी वह खुद थी।

# परदेसी

मेरे देव चाचाजी कौशी के वेच पिताजी थे। कल यही संध्या का समय था जब अचानक उनके दिल की धड़कन बंद हो गई। आखिरी वक्त उन्होंने कुछ भी नहीं कहा, पर मुझे भी मालूम था और कौशी को भी पता था कि उन्होंने एक बार नहीं कई बार हमें चेतावनी दी थी, "भई, इस तुम्हारे देश में लोग हंगामा बहुत करते हैं। कोई इस दुनिया में आए या इस दुनिया से चला जाए, इसमें हंगामा मचाने की क्या बात है? चाहता तो हूं कि जब मैं इस दुनिया से जाऊं, कुछ इस तरह जाऊं कि आपलोगों को कुछ न करना पड़े, यही कि कहीं 'एयर क्रैश' में मर जाऊं, बर्फ की किसी घाटी-बाटी में खुद ही एक कबर बन जाऊं। हवा एक कफन डाल देगी। मगर यह अपने बस की बात नहीं। मजबूरी है। फिर भी तुम लोग याद रखना, जो कुछ भी करना हो, जल्दी से कर देना। बस उसके बाद कुछ नहीं। किसीको कुछ कहने की या किसीको बुलाने की ज़रूरत नहीं।" इसलिए आज सवेरे चुपचाप हम लोगों ने उनके शरीर को विदा कर दिया।—संध्या का समय है। कौशी का मुख उतरा हुआ है, शायद मेरा भी उतरा हा होगा, क्योंकि कौशी मुझे चाय का एक प्याला लेने के लिए ज़ोर दे रही है। चाय का घूंट मेरे अन्दर भी नहीं उतर रहा और कौशी के अन्दर

भी नहीं। क्योंकि जिस तरह मेरे अन्दर देव चाचाजी की बातें उतरी हुई हैं उसी तरह कौशी के अन्दर भी देव पिताजी का प्यार समाया हुआ है। बातों को प्यार में और प्यार को बातों में मिलाने के लिए कौशी मुझसे पूछ रही है, 'देव चाचाजी हमेशा पंजाबी में बातें करते थे, पर जब कभी उन्होंने कोई खास बात करनी होती, तो वे उर्दू बोलते थे! दीदी, वे उर्दू क्यों बोलते थे?"

"नहीं कौशी! वे उर्दू तब नहीं बोलते थे जब उन्हें कोई खास बात कहनी होती थी, वे उर्दू तब बोलते थे जब वे बड़े उदास होते थे। पंजाबी शायद उनकी उदासी के माप में नहीं आती थी। या शायद इसलिए कि उदासी उनके लिए बड़ी बेगानी-सी चीज़ थी और उसके लिए उन्हें ज़बान भी कोई बेगानी ही चाहिए थी।"

"पर दीदी..." कौशी जाने मुझसे क्या पूछने चली थी, पूछते-पूछते चुपिया गई है। यह आज की बात नहीं, कौशी की शुरू से ही आदत है। वह ज़िन्दगी को हमेशा चुपचाप देखती रहती है, उससे पूछती कुछ नहीं। अगर वह कुछ पूछ सकती तो शायद ज़िन्दगी से सबसे पहला यह सवाल पूछती कि उसके कौन-से पुण्य से देव पिताजी उसके पिताजी बन गए? कोई भी सगा पिता सगा पिता नहीं हो सकता जितना देव कौशी का सगा पिता था। धरती कौशी की मां थी और देव कौशी का पिता था। कौशी की उमर तब पूरे चौबीस घंटे की भी नहीं थी जब उसके देव पिताजी ने नदी के किनारे पर उसका रोना सुना था। इतने घंटे धरती ने उस बच्ची को अपने आंचल में अमन-अमान से रखा था। कौशी धरती के इस रहम को तभी से देख रही है, बीस सालों से देख रही है। बड़े अच्छे स्कूल और बड़े अच्छे कालेज में वह पढ़ती रही है, बड़े अच्छे खाविंद से उसकी शादी हुई है, और देव पिताजी से उसे एक बड़ा अच्छा घर विरासत में मिला है।

इसलिए वह चुपचाप एक इन्सान के रूप में एक खुदा की नेमतों को देखती रहती है। पूछती कुछ नहीं।

यह सिर्फ मैं सोच रही हूं कि कौशी को देव पिताजी कैसे मिल गए और कौशी की तरह मुझे देव चाचाजी कैसे मिल गए? देव मेरे पिताजी के साथ पढ़ते थे। एक बार फीस देने के लिए दोनों के पास पैसे नहीं थे। देव ने अपने हाथ की मुंदरी बेच दी थी, जिससे देव ने भी और मेरे पिताजी ने भी इम्तहान की फीस चुकाई थी। उस दिन से वे दोस्त बन गए थे। दोस्त ही क्यों, भाई बन गए थे। यह मेरे जन्म से कई साल पहले की बात है। इस तरह वे मेरे जन्म से पहले ही मेरे चाचाजी बन गए थे। पिताजी सुनाया करते थे कि जिस दिन उनके इम्तहान का नतीजा निकला था, चाचाजी सारे कालेज में अव्वल आए थे और वे दूसरे दर्जे में आए थे। पर आगे उन्हें भी और देव चाचाजी को भी पढ़ाई छोड़नी पड़ी थी, क्योंकि दोनों के पास आगे पढ़ने के लिए पैसे नहीं थे। उस दिन उन्होंने पहली बार देव चाचाजी को उर्दू बोलते हुए सुना था, 'भई, यह क्या है तुम्हारे देश में, जिनके पास काबलियत है, जिनके पास ख्वाब है, वह आगे नहीं पढ़ सकते, क्योंकि उसके पास चांदी के थोड़े-से रुपये नहीं हैं!'

मेरे पिताजी अखबार के एक दफ्तर में काम करने लगे और देव चाचाजी एक स्कूल में छोटी-सी मास्टरी। पिताजी ने एक नहीं, अखबारों के कई दफ्तर बदले; और देव चाचाजी ने भी एक नहीं, कई स्कूलों की मास्टरी बदली। एक-दूसरे की फाकाकशी में एक-दूसरे की रोटी हमेशा साझी होती थी।

मेरे होश संभालने से काफी पहले की बात है, जब अमृतसर जलियांवाले बाग में गोलियां चली थीं और अमन-अमान से बैठे हुए लोग हाकिम-गोलियों से बिंध गए थे। पर यह बात मैं पिताजी से

इतनी बार सुन चुकी हूं कि मुझे महसूस होने लगा है जैसे मैंने इस घटना को अपनी आंखों से देखा है। देव चाचाजी कई रातें चारपाई पर सो नहीं पाए थे। वे सारी-सारी रात मकान की ऊपरी छत पर पत्थर की तरह बैठे रहते। सिर्फ बैठे-बैठे उनकी आंखों से आंसू बहने लगते। और वे अकेले बैठे-बैठे जाने किसे मुखातिब करके कहने लगते थे, 'यह क्या है तुम्हारे देश में? साले गुलाम बने रहेंगे और गोलियां खाते रहेंगे...'

भगतसिंह को जब फांसी लगी थी, मैं तब बिल्कुल छोटी-सी थी। पर यह बात मुझे अच्छी तरह याद है कि देव चाचाजी को उनके सरकारी स्कूल में से निकाल दिया गया था। शायद वे स्कूल के कमरे में विद्यार्थियों के सामने रो पड़े थे। वे जब घर आए थे तो कह रहे थे, 'यह क्या है तम्हारे देश में? भगतसिंह मर जाए और हम लोग रो भी नहीं सकते?'...

यह बात किसीको मालूम नहीं थी कि देव चाचाजी और मेरे पिताजी सगे भाई नहीं थे। मेरे पिताजी सिक्ख थे। इसलिए एक बार ऐसा हुआ कि पंजाब की घटिया सिक्ख अखबारें देव चाचाजी के पीछे पड़ गई कि एक सिक्ख खानदान के नौजवान ने अपने बाल कटा दिए थे और वह सिगरेट पीता था। सिक्ख अखबारों ने खुद अटकलपच्चू से देव चाचाजी का एक सिक्ख नाम घड़ लिया था, 'देविन्द्रसिंह'। देव चाचाजी एक दिन हाथ में एक अखबार लिए हुए आए। अखबार उन्होंने चुपचाप मेज़ पर रख दी। सिर्फ चाय पीते हुए उन्होंने एक बार सरसरी तौर पर कहा, 'समझ में नहीं आता कि यह तुम्हारे देश में क्या है। सिगरेट मैं पीता हूं और इसका धुनां हमारे मज़हब के फेफड़ों में चला जाता है...'

मेरी छोटी-सी उमर थी, जब मेरे पिताजी गुज़र गए। मेरी मां उनसे

भी पहले गुज़र चुकी थीं। मैं खोए हुए बछड़े की तरह अपनी नानी के पास रहती थी। देव चाचाजी उसी तरह शाम को नियम से आते थे और चले जाते थे। मुझे याद है, मैं कई बार देव चाचाजी की कमीज़ के बटनों को बार-बार खोलती और बार-बार बन्द करती हई उन्हें कहा करती थी, 'चाचाजी! अब आप एक चाची ले आएं।' ऐसे जैसे मैं एक चाचीजी नहीं, एक खिलौना मांग रही होऊं। मालूम नहीं, यह मैं अपने अकेलेपन से घबराकर कहती थी या देव चाचाजी के अकेलेपन से। पर वे हमेशा मेरे बालों की लट को संवारते हए हंस पड़ते थे, 'बिटिया! यह तुम्हारा देश इतना बड़ा है। जाने तुम्हारी चाची कहां खो गई है इसमें। कहां से लाऊं उसे ..."

देव चाचाजी को अपनी खोई हुई बीवी तो न मिली, जाने किस जन्म से खोई हुई थी, पर अपनी बच्ची जरूर मिल गई। वे रोज़ सवेरे नदी के किनारे सैर करने के लिए जाया करते थे। एक दिन उन्होंने नदी के किनारे उगे हुए झाड़-झंखाड़ों में रोने की आवाज़ सुनी। बच्ची को बांहों में उठा लिया। आस-पास के लोगों से कई बार पूछा कि अगर कोई उसका वारिस बनना चाहे तो बन सकता था, पर किसीके पास भी उस बच्ची को देने के लिए कोई रिश्ता नहीं था। देव चाचाजी को लगा कि वह बच्ची धरती की एक चिप्पी थी, एक कासा, एक कशकौल जो इस दुनिया से एक रिश्ते की मांग कर रही थी। जब आसपास के सारे लोग इन्कार कर गए तो देव चाचाजी ने उस चिप्पी में अपना दिल डाल दिया। मुहब्बत का वह मासूम रिश्ता डाल दिया जो एक बाप और बेटी में होता है। इसलिए उन्होंने उस बच्ची का नाम 'कशकौल' रख दिया—कौशी। बच्ची को बांहों में उठाए वे कई दिन कहते रहे, 'पता नहीं यह क्या है तुम्हारे देश में, कोई मां-बाप अगर शादी नहीं करते तो इसमें बच्चे का क्या कसूर है! नाजायज़ हरकत तो मां-बाप करते हैं, पर

समझा जाता है बच्चा नाजायज़...'

इन्हीं दिनों की बात है, जब हिन्दू-मुसलमानों के फसाद शुरू हो गए। हमारे देश का कोई गांव या कोई शहर ऐसा नहीं था जो चीखों से न भर गया हो। देव चाचाजी के कानों में से गुज़रकर उनके दिल में हिन्दू-चीखें भी उसी तरह बिंध रही थीं जिस तरह मुसलमान-चीखें। न मैं गिनकर बता सकती हूं, न देव चाचाजी कि उन्होंने कितनी औरतों को और कितने मर्दों को अपने हाथों से ढंक-ढंककर रखा। वे ज़रूर सोचते होंगे कि अगर कभी उनके दो छोटे-छोटे हाथ वामन अवतार के कदमों की तरह बन जाएं तो वे देश के हज़ारों गांवों को और हज़ारों शहरों को अपने हाथों से ढंक दें। किसीके बदन पर भी किसीका छुरा कभी न छू सके। पर छोटे हाथों की मजबूरी के कारण वे हर किसीकी चीख से तड़प सकते थे, और कुछ नहीं कर सकते थे। तड़प-तड़पकर कहते थे, 'यह तुम्हारे मज़हब क्या हैं? हर मज़हब के होंठों पर इन्सान का खून लगा हुआ है। यह तुम्हारे मन्दिर और ये तुम्हारी मस्जिदें ईंटों से नहीं बनी हुईं, इन्सानों की लाशों से बनी हुई हैं...'

देश की स्वतन्त्रता ने देव चाचाजी को कितनी ही देर उर्दू बोलने का मौका न दिया। हमें ऐसा लगने लगा कि देव चाचाजी उर्दू बोलना भूल गए थे। इन दिनों वे सिर्फ दो काम करते थे। रोटी कमाने के लिए सारा दिन सरकारी दफ्तर में नौकरी करते थे और रात को अखबारें ले-लेकर देश के सारे नेताओं की तकरीरें पढ़ते थे। इन तकरीरों की कतरनों को जोड़-जोड़कर वे शायद देश के भविष्य के लिए कोई सपना सीते रहते थे। फिर धीरे-धीरे उन्हें महसूस होने लगा कि सपने का कपड़ा जाने किस तरह इतना घिस चुका था कि जिसे एक जगह से सीते थे तो दूसरी जगह से फट जाता था। एक दिन उन्होंने बेहद निराश होकर उम्मीदों के सारे

सुई-धागे फेंक दिए। उस दिन वे ज़ोर-ज़ोर से बोल रहे थे, 'इस तुम्हारे देश का क्या होगा? जिन लोगों ने देश के लिए कुर्बानियां कीं, अब वे उन कुर्बानियों को बाज़ारों में बेच रहे हैं। गरीब लोग और गरीब होते चले जा रहे हैं, और अमीर लोग और अमीर होते चले जा रहे हैं। क्या करूं? इस तम्हारे देश को प्यार करता हूं, इसके लोगों को प्यार करता हूं, इसीलिए दुःख होता है...'

देश की तरक्की के लिए अखबारों में छपी हुई किसी तकरीर की तरह देव चाचाजी की ज़िन्दगी में वह मुहब्बत भी आई जिसका कोई अर्थ नहीं था। एक बड़ी खूबसूरत औरत ने अचानक देव चाचाजी से विवाह कर लिया। यह औरत उनके दफ्तर में काम करती थी। मालूम हुआ कि वह एक नाकामयाब मुहब्बत से इतनी परेशान थी कि उसे देव चाचाजी की इन्सानी खूबसूरती एक रहमत की सी दिखाई देने लगी थी। पर छः महीनों के छोटे-से अर्से में उसकी पहली मुहब्बत उसपर फिर गालिब हो गई। उसका पहला प्रेमी उसके पास लौट आया था और उससे अपनी खता की माफी मांग रहा था। उस औरत ने जितनी आजिज़ी से देव चाचाजी से तलाक की मांग की, चाचाजी ने उतनी ही हलीमी से उसकी स्वतन्त्रता उसे दे दी। कुछ घटिया और निकम्मी अखबारों को जाने चाचाजी से क्या हमदर्दी हुई कि उन्होंने एक औरत के तलाक को सारे समाज के सुधार का विषय बना दिया। यहां तक कि एक घटिया शायर ने एक घटिया नज़म लिखकर एक अखबार में छपवाई—भाग गई, भाग गई, वह भाग गई।' चाचाजी अखबारों को देखंते, हाथों में मरोड़ते और रुआंसे होकर कहते, 'यह तुम्हारा देश कैसा है? किसी इन्सान की मुहब्बत या शादी उसकी अपनी मुहब्बत या शादी नहीं। किसीसे मिलने का हक भी उसका हक नहीं, और किसीसे बिछुड़ने का भी हक उसका हक नहीं। वह बेचारी औरत कहां भाग गई

है,इन लोगों की अकल भाग गई है। इन लोगों की इन्सानियत भाग गई है...'

इन दिनों चाचाजी दफ्तर के काम के अलावा कुछ किताबों का तर्जमा करने का काम भी करते थे। उनकी आमदनी बढ़ गई थी। उनकी बच्ची दिनोंदिन जवान होती जा रही थी। इसलिए वे अपनी बच्ची के लिए छोटा-सा घर बना रहे थे, और उन्हें ख्याल आया कि एक ईमानदार शहरी की तरह उन्हें अब ज्यादा टैक्स देना चाहिए था। उन्होंने अपनी आमदनी का ब्यौरा लिखकर सरकार को भेज दिया। मुझे अच्छी तरह याद है, जिस दिन वे बड़े उत्साह से इन्कमटैक्स की तारीख भुगतने के लिए गए, उस दिन शाम को वे अपने कमरे में अपना सिर पकड़ कर बैठे हुए थे। 'यह तुम्हारा देश कैसा है? हम लोग इसके शरीफ नागरिक हैं या चोर हैं? जो भी हम लोग क़माते हैं उसमें से सरकार का हक देना हम लोग अपना फर्ज़ समझते हैं। हम खुशी से देते हैं, ईमानदारी से देते हैं, पर हमारे साथ यह कैसा सलूक है? हमें ऐसी नज़रों से देखा जाता है जैसे हम क्या, हमारे बाप-दादा भी चोर हों...' बात यह हुई थी कि चाचाजी मकान बनवा रहे थे। कई बार एक ही हफ्ते में ज़्यादा खर्च आ पड़ता था। बैंक में उनका सेविंग एकाउण्ट था जिसमें से वे हफ्ते में सिर्फ पांच सौ रुपया निकलवा सकते थे। इसलिए उन्होंने एक बैंक की जगह दो बैंकों में एकाउण्ट खुलवा लिया था। ज़रूरत पड़ती तो दोनों बैंकों से रुपया निकलवा सकते थे। कभी एक बैंक में रुपया कम होता तो किसी खाली हफ्ते में दूसरे बैंक से निकलवाकर उसमें जमा करा देते, ताकि ज़रूरत पड़ने पर मुश्किल न हो। उन्हें ज़िन्दगी का कोई हेर-फेर नहीं आता था, इसलिए उन्हें कोई बात याद रखकर नहीं करनी पड़ती थी। इन्कमटैक्स के अफसर ने एक बैंक की पासबुक को देखते

हुए कहा है कि इसमें बताई हुई आमदनी से ज्यादा रुपया जमा था। यह रुपया गाहे दूसरे बैंक से निकलवाकर जमा किया गया था, पर चाचाजी को उसके रूखे और शक्को सवालों से इतनी घबराहट हुई कि उन्हें सारा कुछ भूल गया। उस दिन वे बड़े दुखी थे। बड़े ही दुखी थे। उन्हें किसी जांच का दुःख नहीं था। उन्हें दुःख था कि उनकी नीयत पर शक किया गया था और उनके साथ गैर-इन्सानी सलूक किया गया था।

कितनी ही बातें याद आ रही हैं। कौशी के विवाह की बात भी याद आ रही है। कई शरीफ घरानों में कौशी के विवाह की बात चली थी। कौशी बहुत खूबसूरत लड़की है। बड़े प्यारे स्वभाव की और पढ़ी-लिखी। किसी के लिए भी कौशी से विवाह करना एक फख्र की बात हो सकती थी। पर अक्सर ऐसा हुआ कि जो भी कौशी के रूप पर या उसके गुणों पर रीझ जाता उसे जब कौशी के जन्म की बात मालूम होती, वह विवाह से इस तरह इन्कार कर जाता जैसे उसकी शराफत पर कौशी के साथ विवाह करने से एक दाग पड़ जाएगा, "यह कैसे शरीफ लोग हैं तुम्हारे देश में? इनके पास आंखें तो बहुत बड़ी-बड़ी हैं, पर उनमें नजर बिल्कुल नहीं है...' देव चाचाजी उन दिनों अक्सर बैठे-बैठे बोल पड़ते थे।

अब जिससे कौशी का विवाह हुआ है इसने जब चाचाजी के सामने कौशी के साथ विवाह का प्रस्ताव किया था तो चाचाजी इतने दुखी हुए थे कि उसे देखते ही बोल पड़े, 'क्यों नौजवान! अपनी शराफत का सौदा करने आए हो?' यह बात चाचाजी ने इसलिए कही थी कि उन दिनों कौशी को विरासत में मिलने वाला चाचाजी का बड़ा सुन्दर घर देखकर कई लोगों का मन ललचाया हुआ था।'

'शराफत को बेचने नहीं आया, शराफत की कीमत देकर शराफत

को खरीदने के लिए आया हूं।' उसने जब चाचाजी को बड़ी हलीमी और आदर से जवाब दिया तो चाचाजी एकदम उसके साथ पंजाबी में बातें करने लगे।

इस समय कौशी मेरे पास बैठी हुई मेरी तरफ देख रही है। वही सवाल जो कुछ देर पहले उसके होंठों पर आकर रुक गया था, वह मुझसे पूछ रही है, "पर दीदी! देव पिताजी रहनेवाले तो इसी देश के थे, यह उनका अपना देश था, फिर वे हमेशा यह क्यों कहते थे कि—यह तुम्हारा देश...?"

मुझे कौशी के इस सवाल पर हंसी आ गई है। कह रही हूं, "हां कौशी! यह देश उनका अपना देश था!" पर साथ ही मेरी हंसी की आंखों में आंसू आ गए हैं और मैं समझ नहीं पा रही हूं कि कौशी को कैसे बताऊं कि इस देश का नाम चाहे भारत हो, चाहे रूस और चाहे अमरीका—यह देश देव चाचाजी का देश नहीं था। कोई भी देश उनका देश नहीं था, क्योंकि हमारे किसी भी देश का ढांचा अभी तक ऐसा नहीं बना जो इन्सान को जीने का हक दे सके और जीने का फख्र दे सके। मैं कौशी को कैसे बताऊं कि देव चाचाजी चाहे किसी भी देश में जन्म लेते और किसी भी देश में रहते, उन्हें हर देश में परदेसी ही होना था।

○ ○ ○